女ねずみ みだれ桜

和久田

学研M文庫

本書は文庫のために書き下ろされた作品です。

目次

第一話　まぼろし小僧　5
第二話　金さんの失敗　85
第三話　ねずみの亡霊　166
第四話　からくり屋敷　242

第一話　まぼろし小僧

一

浅草阿部川町《あさくさあべかわちょう》の大通りを東へ抜け、新堀《しんぼり》に架けられた小橋を渡ると、そこには東本願寺《ひがしほんがんじ》を筆頭にした無数の末寺がひしめいていた。

刻限は夜の五つ（八時）を過ぎた頃で、辺りは漆黒《しっこく》の闇にすっぽり包まれ、猫の子一匹通らない。

月のありかを探そうにも、叢雲《むらくも》に隠れて行方《ゆくえ》知れずだ。

すると——。

白い素足だけがヒタヒタと走って来るのが見えた。

その男は黒小袖の裾を端折《はしょ》り、頰被《ほっかむ》り、股引《ももひき》、腹掛けのすべてが黒ずくめで、草履《ぞうり》を帯に挟《はさ》み、ふところには護身用の匕首《あいくち》を吞んでいる。

とまあ、それは極めつけの盗《ぬす》っ人《と》姿なのだが、男の面相が甚《はなは》だよろしくないのである。

顔は四角い豆腐を思わせ、それも出来損なって崩れたようで、しかも目は垂れて鼻は大あぐらをかき、おまけに唇は分厚い。年もかなり食っていて、三十前後と思われた。

仮にこの姿で颯爽《さっそう》と舞台に立っても、「イヨッ、日本一」とは誰も声を掛けないだろうし、それどころか「引っ込め」と言われるのが関の山に違いない。

しかし身ごなしは堂に入っていて、なかなかに年季を感じさせるものだ。

この男は南無八《なむはち》といい、本名かどうか知らないが、無残な名である。

すでに下見をしてあるらしく、南無八は迷うことなく一つの小さな寺へ入って行った。小さいといっても寺のことだから、三百坪（約九百九十平方メートル）は軽くあるのである。

山門を通り抜け、母屋《おもや》へ近づいて行き、ヒョイと縁へ上がって庫裡《くり》をめざす。

むろん坊主たちは寝ているようで、物音ひとつ聞こえない。

庫裡の一室をそろりと開け、無人の座敷へ忍び入って小机に近づき、手文庫を開けた。馴れたものである。だが書きつけばかりで小判は一枚もない。

（ここにゃねえか）

内心で舌打ちし、隣室へ移ろうと襖《ふすま》に手を掛けた。

「あっ……あっ……」

その部屋から、女の低く抑えたよがり声が漏れてきた。

南無八はヒタッと動きを止め、固唾《かたず》を呑んだ。

(こんなのありかよ、女人禁制のはずだろうが。いや、待てよ、梵妻《ぼんさい》かも知れねえな)

浄土真宗《じょうどしんしゅう》は妻帯を許したが、この寺の宗旨が何だったたか、南無八は思い出せない。いずれにしても隣室へは行けなくなった。

女の口を相手が手で塞《ふさ》いでいるらしく、息苦しそうな喘《あえ》ぎ声だけが伝わってくる。どすんどすんと、ひそかに肉弾相打つ音も聞こえる。

(もし梵妻じゃねえとしたら、きっと坊主が檀家《だんか》の後家かなんかをひっぱり込んでるんだぜ)

こん畜生と思いながら、自分が最後に女と交わったのはいつだったたっけと、指折り数えた。指を沢山《たくさん》折らねばならなかった。

その時である。

坊主の異様な呻《うめ》き声がし、次いで「うっ」と言う女の小さな悲鳴も聞こえた。

歓喜の声とはほど遠い断末魔《だんまつま》のものだ。

南無八が総毛立った。

(何が起こったんだ)

自問するまでもなかった。とんでもない異変が生じたのに違いない。

ジャラッと小判をわしづかみにする音が聞こえ、やがて隣室から人の立ち去る気配がした。

南無八が恐る恐る襖を細めに開けて覗《のぞ》く。

夜具の上に血の海が広がり、全裸の坊主と若い女が折り重なっていて、どちらも上からひと突きで殺されていた。つまり道具は匕首とは違う長いやつだ。坊主は中年で女はまだ若いので、やはり梵妻ではなく、檀家の後家のようだ。大机の上の手文庫の蓋《ふた》が開けっ放しになっており、恐らくそこに金子《きんす》があったものと思われた。

南無八は部屋へ入り、改めて茫然《ぼうぜん》と見廻した。

同業に先を越された、という感じはしなかった。元より南無八は殺戮《さつりく》など考えてもいないし、こんな兇状は働かない。

その時、敏感に南無八の鼻が何かを嗅ぎ取った。

賊の残していった残り香だ。微《かす》かに脂粉《しふん》の匂いが入り混じっている。死体となった若後家のものとは思えなかった。

（たまげたね、女の仕業《しわざ》かよ）

カッと頭に血が昇り、庫裡をとび出した。

元来た道を駆け戻り、新堀の小橋の所まで辿《たど》り着いた。

遥か先の真っ暗な道を、黒っぽい着物の女の後ろ姿がこっちには気づかずに遠ざかって行く。人影はぽつんとその女だけだ。

南無八はしゃにむに追いかけ、素足でひた走った。

そこへぶわっと、一陣の風が吹きつけてきた。

早春の突風に砂塵《さじん》が舞い、南無八は目が開けていられなくなった。

二

お千《せん》は女だてらに鳶職《とびしょく》なので、勇ましいことこの上ない。

盲縞《めくらじま》の腹掛けに股引、木綿の着物を着た粋でいなせな鳶職の装束《しょうぞく》になって、お千はポンとひと拝みして箱膳の朝飯に向かった。

鰯《いわし》、漬物、味噌汁《みそしる》、白米と並び、お千は独り者だからすべて自分で整えたものだ。それらを男のように早食いで食べて行く。

お千は二十を一つ二つ出たところで、女にしてはすらっと上背があって、細くしなやかな肢体に手足が長く、色白の瓜実顔《うりざねがお》の面立ちはえもいわれぬ美しさだ。形のよい鼻はつんと高く、秀抜《しゅうばつ》な男眉は烈々と燃え立つ負けじ魂《だましい》のようなものを秘めていて、唇はふっくらぽってりとして情が深そうである。そしてぱっちりとした黒目勝ちな瞳は、まるで永遠を見通すかのようで、女ながらも度量の大きさを感じさせる。

要するに江戸前の小股の切れ上がった、お千はすこぶるつきの別嬪《べっぴん》なのである。

長屋の路地では、もう住人の子供たちが元気な声を挙げている。

お千の住むそこは、浅草下平右衛門町《しもへいえもんちょう》の大通りから裏通りへ入った孔雀長屋《くじゃくながや》という棟割長屋で、彼女の家は木戸門に立ち、向かって左手の真ん中である。柿葺屋根《こけらぶき》で、どの家も間口二間、奥行き三間のおなじ造りになっている。八帖一間に土間と台所、それに連子窓《れんじまど》に煙出しの天窓もついている。井戸と雪隠《せっちん》は外にあって共同だ。

お千の家のなかには、衣装箪笥《だんす》、火鉢《ひばち》、行燈《あんどん》、鏡台、衣桁《いこう》、それにこの当時の長屋に押入れはないから、布団は畳んで重ね、枕屏風《まくらびょうぶ》を立てて隠してある。彼女は若いのに酒好きで、酒徳利《さかどつくり》も何本か見える。

飯の途中で、来客があった。

のっそりと、控えめに入って来たのは南無八である。

昨夜の盗っ人装束とは一変して、藍微塵《あいみじん》の袷《あわせ》にすり切れた草履を履《は》き、不精ったらしく伸ばした五分月代《ごぶさかやき》はうす汚く、昼間だとみすぼらしくも見える。それが南無八のふだんの姿で、見るからに荒《すさ》んだ様子の無頼の徒なのだ。

亭主でもないのにこんなむさ苦しい男に出入りされては世間体が悪いから、お千は長屋の住人たちには親戚の叔父《おじ》さんということにしてある。

「どうも、お千さん、お早うございます」

南無八が住人の耳を気にして他人行儀な言い方をし、ピシャッと油障子《あぶらしょうじ》を閉め切って上がり框《かまち》に腰掛けた。

親戚の中年の叔父さんが、年若いお千に向かって「お千さん」と言うのも変なのだが。

お千は飯をつづけながら、

「おや、あんた、ゆんべはどこ行ってたんだい」

ポリポリと沢庵《たくあん》を嚙《か》みながら言った。

「姐《ねえ》さん、うちへ来たんですかい」

「そうだよ。親方ン所で宴会があって、料理の残りものが出たんで持ってって上げたら、留守だったじゃないか。しょうがないんで持って帰っちまったよ」

南無八が住んでいるのは南本所横網町《みなみほんじよよこあみちよう》だから、両国橋《りようごくばし》を渡ればすぐなのである。

「はあ、ゆんべはちょっとそのう……」

「どこへ行ってたのさ」

「蔵前《くらまえ》です」

「あんな所に賭場《とば》はないと思うけど」

「いえ、そうじゃねえんで。博奕《ばくち》とはもう金輪際《こんりんざい》手を切りました」

嘘っ八を平気で言った。

「じゃ蔵前へ何しに行ったんだい」

言いながら、お千は勘を働かせ、

「ちょいと、まさかどっかへ盗みに入ったんじゃないんだろうね」

言葉のなかに厳しさがある。

「い、いいえ、違いますよ、そんなんじゃねえんで。少しばかり野暮用がありましてね」

「どんな」

「まあいいじゃねえですか、盗みをやってたら金なんか借りに来ねえんですから」

「また借金かえ」

南無八が哀れっぽく拝んで、

「銭がなくってにっちもさっちもゆかねえんでさ。ほかに頼る人もいねえし、どうかお情けを」

南無八に金を貸して、返ってきた例《ため》しはなかった。

なのにお千は悪い顔ひとつするでもなく、つっと動いて枕屏風の陰から財布を取り出して、

「いったい幾ら入り用なんだい」

鉄火《てっか》姐さんらしく言った。

「へえ、幾らでも。飯が食えりゃいいんですから。もうふところにすきま風が

吹いて、ガタガタと寒くてなりやせん」

悲惨な表情を造り、みじめったらしく言った。

「博奕と手を切ったってのは本当なのかい。嘘に決まってるわね。あんた、真面目にやる気あるの。生業《なりわい》を持たなくちゃいけないんだよ。いい年こいてそんなこともわからないはずないだろ」

また説教が始まったと思うが、南無八はそれが通り過ぎるようにひたすら頭を低くして、

「いろいろと職探しをやっちゃいるんですけど、なかなか思うようには……分《ぶ》が悪いんですよねえ、年食ってっから」

「じゃ、これ」

お千は二分銀をポンと南無八に握らせ、

「しっかりおやりよ」

「へい」

南無八が大事そうに銭をしまい込み、

「けどおなじ師匠の下にいたのに、どうしてあたしと姐さんはこうも違うんでしょうか」

「そりゃあんた、あたしゃ正業を持ってるからさ。それに盗みはやってないもの。もう盗みのことなんて考えちゃいけないよ」

「わかっておりやすとも。それにしても姐さんにあやかりてえなあ」

「心掛けひとつさね」

「ほんじゃまあ、ご免なすって」

南無八が出て行くと、お千は食べ終えた箱膳ごと持って表へ出て、井戸端で洗い物に取りかかった。おなじように住人のかみさんたちも洗い物をしていて、そこでいつもの賑やかな井戸端会議となった。

それを終えると、家へ戻って足袋《たび》を履き、

「八番組　ほ組」と染め抜かれた半纏《はんてん》を身につけた。鳶人足の一丁上がりである。

身支度を整えながら、お千は南無八のことを考えている。

天保《てんぽう》三年（一八三二）八月十九日に小塚原《こづかっぱら》で処刑されたねずみ小僧次郎吉《じろきち》の、お千は一番弟子、南無八は二番弟子であった。

稀代《きたい》の大盗賊の弟子は後にも先にもこの二人だけで、お千は次郎吉の覚えよろしく、何家かの大名屋敷の忍び込みにつきしたがい、盗みの現場を体験している。

だが南無八の方はといえば甚だ頼りなく、さほど次郎吉の盗みのお供はしていないのである。

南無八は手先の器用な男で、指物《さしもの》でも鋳掛《いかけ》でもなんでもこなし、それは師匠のねずみも認めてはいたが、いざ盗みの実戦となるとその度胸や心構えはお千の方が上だと、次郎吉はそう思っていた節があるのだ。

つまり南無八は出来の悪い弟子ということになるが、次郎吉はそれをはっきり口にしたことはなく、何事にも曖昧《あいまい》な男だったから、南無八は疎外されていたとは思っていない。

今となっては南無八の頼りはお千だけで、ひたすら姉貴分として彼女を立て、十近くも年が上なのに上下関係はきっちりと守っているのだ。

お千は姐御肌《あねごはだ》だから、そんな南無八に格別な愛情でも持っているのかというと、それはそうでもないのである。自分はあくまで鳶職という堅気《かたぎ》の職を持っており、師匠のように盗みで食って行くつもりはないから、存外に南無八の自《じ》堕落《だらく》な姿を一線を引いた目で見ている。

それでいて冷たく突き放すようなことは決してせず、陰になり日向《ひなた》になって、暮らしの援助などは惜しまないようにしている。それは南無八に限らず、お千が誰にでも見せる義侠心《ぎきようしん》の表れなのだ。

お千が家から出たところで、ほ組の若い火消しが血相変えて駆けつけて来た。

「お千さん、親方の言伝《ことづ》てだ。蔵前の今日の仕事はやめンなったぜ」

「おや、そりゃまたどうしてさ。こんなに天気がいいってのに」

蔵前のある寺の屋根葺きに、ほ組の火消し人足の何人かが狩り出されていたのだ。

江戸も後期のこの頃になると、鳶職は町火消しの組織化に伴ってそのなかに編入され、火消しらと共に鳶口《とびぐち》を使って燃え盛る家々を破壊し、消火にあたるようになった。火災の時以外は、普請《ふしん》手伝い、足場掛け、土突《どつき》、家内の修理、門松《かどまつ》立てなど、町内のために働いている。

ちなみに江戸では鳶職を「仕事師」、上方では「手伝い」と呼んでいる。江戸の町火消しはいろは四十八組あり、鳶職を含めた火消し人足の総数は一万人余である。その仕組は頭《かしら》を筆頭に、纏持《まといも》ち、梯子《はしご》持ち、龍吐水《りゆうどすい》などの分担になっている。

「それがお千さん、てえへんなことが起きやしてね、その寺の住職がゆんべ押込みにやられちまったんですよ」

「なんだって」

こうしちゃいらんないと、お千は顔色変えて長屋をとび出した。

三

朝餉《あさげ》をこさえるのは村雨彦兵衛《むらさめひこべえ》の役割と決まっていて、伜《せがれ》の弥市《やいち》とかならず向き合って食事を摂《と》る。食べ終えると、洗い物は弥市がすることになっている。

その弥市が台所でせっせと瀬戸物《せともの》を洗いながら、

「父上を見かけたという人がいるんですよ」

と言った。

座敷で釣竿《つりざお》の手入れをしていた彦兵衛が、弥市の方へきょとんとした顔をやって、

「どこでだ」

「下谷広小路《したやひろこうじ》だそうです」

「ああ、そこいらならしょっちゅうぶらついているぞ」

「それが妙齢《みようれい》の女と連れ立って歩いていたという話でした。これは大事件です」

からかうような弥市の口調に、彦兵衛はギクッとして、

「他人の空似じゃないのか」

「身に覚えは」

「うむ、ないこともないが……どこのどいつだ、そんな余計なことを言う奴は」

「それはご勘弁下さい。父上の旧《ふる》いお知り合いですよ」

「参ったなあ」

本当に彦兵衛は困った顔になっている。

「別に構わないじゃありませんか。父上は母上に先立たれて独り身なんですから。どんな女とつき合おうが不義にはならない」

「しかしおまえのような大きな伜がいる。隠居の身で恥ずかしくないのかと言う奴もおろう」

「わたしはへっちゃらですよ、気にすることはありません」

「そうかな」

洗い物を済ませ、弥市は彦兵衛のそばを通って隣室へ行き、そこで出仕のための着替えを始めた。

「どんな人とつき合ってるんですか、父上」

「つき合っているわけではない」

「それじゃ水商売の女《ひと》ですか」

「詮索《せんさく》は無用にしてくれ」

「はいはい、わかりましたよ。おたがい、都合の悪いことのひとつやふたつはありますからな」

「おまえの方はどうなのだ」

「はあ?」

「女だよ」

「いませんよ、そんな人」

彦兵衛がにやっとなって、

「実はわしにも教えてくれた人がおってな」

「なんのことですか」

「おまえは町場の女と屋台で酒を飲んでいたそうな。それがもう、すこぶるつきの別嬪と聞いたぞ。おまえが楽しそうだったという証言も得ている。叱っているのではないぞ、結構ではないか。独り身の男に女っ気がなくては困る」

「お千のことですね」

「どんな女だ」

「言わなきゃいけませんか」

「父親として聞いておる」

弥市は着流しに黒羽織を着て、両刀を腰に差し込み、

「ほ組の女鳶ですよ。気っぷがいいんで、さっぱりしたつき合いをしています」

「女で鳶職なのか」

「そうです」

「その者の年は」

「わたしより一つ二つ下です」

「どこで知り合った」

「秘密です」

「わしに会わす気はあるか」

「今のところありません」

「ねんごろになったのか、すでに」

「さっぱりしたつき合いだと言ったではありませんか」

「それは言葉の綾《あや》であろう」

彦兵衛の追及が厳しい。

弥市は失笑して、

「父上、詮索は無用に願いたいですな」

彦兵衛の真似《まね》をして言った。

「ははは、これだ」

「今日はどうするんですか。また広小路ですか」

「放っといてくれ」

そこで親子は快活に笑い合った。

彦兵衛は今は隠居の身分だが、数年前までは天文方改め役の小役人であった。江戸城吹上《ふきあげ》の御庭にある天文台の見廻りがそのお役で、それは享保《きょうほう》の頃に八代将軍吉宗《よしむね》が創設したものだ。

村雨家は代々扶持《ふち》なしの年に金十両という待遇で、まともにやっていてはかつかつでとても食えないから、彦兵衛は天文方の現役の頃からひそかに副業を持っていた。吹上の御庭の見廻りをするうち、お庭番《にわばん》の加納甚五郎《かのうじんごろう》という男の知己《ちき》を得て、その手先を務めていたのだ。お庭番とは言わずと知れた将軍直属の隠密《おんみつ》のことで、彦兵衛はその必要が生じた時に加納の手足となり、調査や探索を行っている。つまりお庭番の下働きなのだが、但しそれには条件つきにして貰い、仕事は江戸ご府内に限りということになっている。諸国の大名の動静を探るほどのことだと大事だし、また彦兵衛にはそこまでの諜報活動を行う力量はない。

隠密仕事は今も尚つづいており、時たま加納から頼まれて働き、彦兵衛に結構な余禄《よろく》をもたらしてくれる。その余禄は存分におのれの趣味に費消していた。弥市に暮らしの面倒をかけたくないから、隠密仕事は彦兵衛には願ったりだった。

彼の趣味とは釣りや囲碁《いご》であり、ごくたまに小料理屋でうまい酒と料理にありつくぐらいだから、たかが知れている。

要するに彦兵衛はその程度の善良な小市民であり、妻を亡くしてからは後添《のちぞ》えを貰う気も失せ、飄々《ひょうひょう》と、自由闊達《じゆうかったつ》に生きている。

生来まめな男で、料理をこさえることを厭《いと》わないから、毎日嬉々として励んでいる。なんの支障もない恵まれた人生ゆえに、伜との二人暮らしを楽しんでいるのだ。

弥市の方はそっくり父の役職を襲い、今は浅草福富町《ふくとみちよう》一丁目に移設された天文方に、神田明神下《かんだみようじんした》のこの組屋敷から出仕している。

福富町といえば、お千の住む下平右衛門町と目と鼻の距離なのだ。

弥市は見たところはごく平凡な男で、眉目《びもく》優れた二十代半ばでいながら、地味な気性ゆえに目立たぬよう、小役人らしくひっそりと生きてはいる。

ところが――。

父彦兵衛と違って、この弥市はもうひとつの隠された裏の顔を持っていたのである。

四

浅草福富町の天文台は小高い丘の上に、黄赤金儀台《おうせききんぎだい》、象限儀《しようげんぎ》、簡天儀《かんてんぎ》などと、奇妙奇天烈《きみようきてれつ》な呼称をつけた建物が並び、さらに丘の下には天文方の御用屋敷が測量所《そくりょうどころ》などと記してある。そこが役所なのだ。

切絵図《きりえず》によると天文台のことは頒暦所《はんれきじょ》、頒暦調所《はんれきしらべどころ》、測量所などと記してあり、黒塗の高い板塀でものものしく囲ったそこが何をする所なのか、あまり庶民には知られていない。

その役所は天文、測量、地誌などを掌《つかさど》るものだが、村雨弥市はそこで主に洋書の翻訳をやらされている。彼の正式な役職名は「和蘭陀書籍和解御用《おらんだしょせきわげごよう》」というものだ。

天文方は若年寄《わかどしより》支配で、筆頭の天文方支配役は二百俵高、測量御用掛は七人扶持、その手伝い役は五人扶持という下級ぶりで、村雨家に至っては先にも述べたように扶持なしの現金支払いだ。

天文方はそんな下級武士の集まりで、出世などとはまったく縁がないだけに、極めてのほほんとした雰囲気の役所である。だからそこの小役人たちは浮世離れしたような輩《やから》が多い。出世への野心があるのなら懸命に猟官《りょうかん》運動でもすればよいのであって、天文方にいる彼らはそんなものに興味は持たず、書物の虫になって天文学や暦学を学んでさえいれば幸せなのである。弥市もその一人だった。

午前の仕事を終えると、弥市は机から離れてうららかな日和《ひより》の表へ出ることにした。他の同役たちも昼のひと休みで、骨抜きをしている。

天文方の役所のなかだけが異世界で、一歩外へ出ると実にのどかなのである。うららかな日差しを浴びて、天文など与《あずか》り知らぬ男女がそぞろ歩き、子供が大声で喚《わめ》き、犬が吠え立てている。棒手振《ぼてふ》り同士がすれ違い、肩が触れた触れないで言い争っている。

猿屋町《さるやちょう》の方へぶらりと足を伸ばすと、後ろから人の近づいて来る気配がし、ポンと肩を叩かれた。

ふり返ると、立っていたのはお小人目付《こびとめつけ》の岡野小八郎《おかのこはちろう》だった。

「なんだ、おまえか」

「お役でこの辺に来ていた。ちょっとつき合え」

のっぺり顔の小八郎が言う。

彼は弥市と同年齢で、父親同士が親しく、その縁で二人は竹馬の友になったものだ。

小八郎の誘いで、近くの茶店の床几《しょうぎ》に並んで掛けた。

「近くで事件でもあったのか」

茶店の老婆に甘酒を頼んでから、弥市が問うた。

「知らんのか。昨夜、蔵前の東雲寺《とううんじ》という寺に賊が押入り、住職と檀家の若後家が突き殺された」

「初耳だよ。町の噂にはなっておらんな」

「では伏せているのであろう。甚だ外聞が悪い事件だからな。若後家は夜の寺で住職と会っていたのだから、世間に知れてはマズかろう」

「二人は何をしていたのだ」

小八郎が失笑して、

「わかっていることを聞くでない。密通に決まってるじゃないか」

「それをどうしておまえが調べている。寺で起こった事件なら寺社方の縄張ではないか」

「兇悪な事件ゆえ、お寺社方だけでは心許《こころもと》なく、今さっき火盗改《かとうあらた》めが狩り出された。われら目付方は関わりないが、それでもこういうことが起こると一応は外側で嗅ぎ廻ることになっている」

目付方は幕臣を監察糾弾《かんさつきゅうだん》するお役で、目付が筆頭となり、その下僚として徒《かち》目付、お小人目付らを配している。時代によって多少の変動はあるが、目付の定数は十人、徒目付六十人余、お小人目付百人余となっている。

「賊の狙いは金子《きんす》か」

「そうだ。寺の調べでは二百両あまりが盗まれたという話だ。ある所にはあるものだよ。それより凄いのは賊の手並だ。坊主と後家が折り重なっているところへ、真上から一気に刀剣でひと突きにしている。切っ先は二人を貫き、夜具から畳まで届いていたらしい。膂力《りょりょく》がなくてはとてもできん芸当だな。下手人《げしゅにん》は力士並の大男ではないのか」

「それはどうかな」

「違うと言うのかよ」

「うむ、まっ、なんとも言えんが……初めてなのか、その賊の兇状は」

「それが違うのだ」

小八郎が目を光らせ、

「それ以前に二件、同一の下手人の仕業と思われる事件が起きている」

「そいつを聞かせろよ」

小八郎は甘酒をひと口飲むと、

「最初が去年の大晦日《おおみそか》の晩であった。黒船町《くろふねちょう》の米問屋の主《あるじ》が、向島《むこうじま》の寮（別宅）に一人でいるところを突き殺された。その次が年が明けて正月だ。新鳥越《しんとりごえ》の船宿で、これは客で来ていた聖天町《しょうでんちょう》の明樽《あきだる》問屋の主が、座敷でやはり突き殺されていた」

「突きの名人なのか、下手人は」

「そういうことになるな」

「見出人《みいだしにん》（目撃者）はおらんのか」

小八郎がかぶりをふって、

「三件とも誰も見ていない。下手人が男か女かもわからず、たった一人なのか徒党を組んでいるのかもわからんところから、町方の誰かがまぼろし小僧と名付けた」

「なるほど、まぼろし小僧か。それは言いえて妙ではないか」

「つまらんことに感心するな。どうだ、おれと組んでまぼろし小僧を捕まえんか。捕えることができたら、立場上手柄はむろんおれのものだが、礼金は出すぞ」

小八郎が頼るのは無理もなく、弥市は馬庭念流《まにわねんりゅう》の剣の使い手なのだ。

弥市が肩を揺すって笑い、

「そんな虫のいい話があるものかよ。どうせおまえのくれる礼金なんて百文か二百文だろう。骨折り損はご免だな」

「金で転ぶ男なのか、おまえは」

「時と場合だ。どの道おれもおまえも素寒貧《すかんぴん》なんだからな、手柄を立てたらたっぷり貰いたいさ」

「では一人でやるつもりなのか」

「やらんやらん、捕物なんぞに興味はない」

そうは言ったものの、弥市の目の奥には並々ならぬ闘志のようなものが燃えていた。

五

「ご免よ」

声を掛け、お千が油障子をガラッと開けると、南無八は昼間から冷や酒を舐めていた。

職探しをしていると言っていたのは真っ赤な嘘で、やはり南無八はこうして自堕落な生活ぶりなのである。お千から貰った二分銀で酒を購《あがな》ったものと思われる。

しかしひと目でそれがわかっても、お千は咎《とが》める気性ではなかった。

「こりゃ姐さん、一日に二度も会えるなんて幸せですねえ」

南無八も職探しの嘘などすっかり忘れ、へっちゃらで世辞を言う。

「何言ってるんだい、ちょいと聞きたいことがあって来たんだよ」

「どんなこって？」

「あんた、ゆんべ蔵前へ行ったって言ってたよね」

「へ、へい……」

敏感な南無八の目が不安に泳ぐ。

「蔵前の東雲寺って寺にゆんべ押込みがあって、坊さんと檀家の後家さんが突き殺されたってんだよ」

「へえ」

「たまたまそっちで鳶の仕事があって、今日行くつもりだったんだけど、その一件で仕事はやめンなっちまったのさ」

「さいで」

「あたしも見に行って来たんだけど、お寺社方やら火盗改めが来ていて、とても近づけなかった」

「それで、あっしにお聞きンなりてえことってのは」

「あんた、押込みを見てないかえ」

お千がズバリ言うと、南無八が動揺するのがわかった。

「見たんだね」

「あ、いえ、そのう……」

「下手人と出くわしたのかい」

「音だけです」

言ってしまって、南無八が慌てて口を押さえる。

「何を聞いたのさ」

「突き殺す音と、坊主と女の呻き声です」

「どこでそれを」

「うっ、それは」

南無八が言葉に詰まった。タラーリと脂汗を流して小さくなる。盗みに入ったことがわかればまたお千に叱られるのだ。叱られて嫌われて遂には見放され、お千を失ったら南無八は生きていけないと思っている。ここはいい子でいなくては。しかしもう遅いか――。

「言ってご覧、怒らないから」

「……」

「こら、南無八」

手厳しいお千の声だ。

「東雲寺です」

「なんだって」

「あっしの運が悪かったんです」

「そういうこっちゃないだろう、問題は。うだうだと言い訳なんか聞きたかないよ。あんたは人の目を盗んじゃそうやって盗みをやるんだからね。あたしが知りたいのはその盗っ人のことさ」

「ですから、姿は見てねえんで」

そこで南無八が観念し、東雲寺に当たりをつけて下見をし、昨夜忍び込んだのまではよかったが、庫裡の隣室で殺戮が行われ、総毛立つ思いで聞いていたことを告白した。

「金はみんなその女が持ってっちまったんですよ。それで当てが外れて、今日ンなって姐さんの所へ借金しに行ったようなわけで」

「女？　そいつは女だったのかい」

お千の目が尖《とが》ってきつくなった。

「へい、後追って、途中までつけやしたよ」

「どこ行った、その女」

「上野《うえの》の方です。ゆんべは寒うござんした」

「上野のどこさ」

「新黒門町《しんくろもんちょう》の辺りで見失いやした」

「広小路の近くだね」

「へい」

「女の顔は」

「後ろ姿ばかりで。いいケツしておりやしたよ」

「年の頃は」

「若かねえですね、娘っ子じゃござんせん。ありゃ十分に男を知ってる三十女のケツでさ」

「嫌らしいねえ、あんたが言うと」

「何考えてるんですか、姐さん。そんな真剣な顔して。まさかそいつを捕まえようなんて思ってるんじゃねえでしょうね」

「そいつはね、まぼろし小僧っていうんだ」

「まぼろし小僧？　女なのに」

「お役人衆は男だと思ってるのさ。でもいいじゃないか、顔の見えないまぼろし小僧ってのも」

「こっちの聞いてることに答えて下せえ」

「まぼろし小僧、あたしが捕まえてやるよ」

「なんでまた」

「奴は四人も殺して、五百両近くの金をぶん取っている。許せない人でなしじゃないか」

「おやめなせえ、姐さんが命を的にやるこっちゃねえですよ。そのうちまぼろし小僧は役人に捕まりやすって」

「それまでにどれだけの人の血が流されると思ってるのさ。こいつぁね、一日も早く捕まえなくちゃいけないんだよ」

「あっしはお手伝いできやせんぜ」

「なんで」

「わかって下せえ。この目で殺しを見ちまいやしたからね、もうあん時はショ

ンベンちびりそうでした」

「おや、そうかい」

お千が木で鼻を括《くく》って、

「そういうことなら結構よ、あたし一人でやる」

「ね、姐さん」

「でもあんたが上野まで奴をつけてくれたお蔭で助かった。雲をつかむような

話じゃなくなったものね」

「あっ、姐さん、お待ちンなって……」

南無八が言いかけた時には、お千はもう表へ出ていて、油障子がピシャッと

閉め切られた。

(本当にまったく、ねずみの姐さん、気が短けえんだから)

胸の内で南無八がボヤいた。

六

退出は七つ（午後四時）と決まっているから、弥市は定刻に役所を出て、まずは福富町から一番近い蔵前へと足を運んだ。

岡野小八郎の話から、弥市はまぼろし小僧を見つけだすつもりになっていた。だが彼の場合、たとえ見つけだしたとしても捕えてお上へ突き出すことはせず、問答無用にぶった斬るのである。

御定法《ごじょうほう》に照らし合わせ、様々な手続きを踏んだ上で下手人を裁きにかける——そういう面倒なことは埒外《らちがい》として、無謀かも知れないが、弥市は独断で極悪人に鉄槌《てっつい》を下すのだ。

それが弥市のもうひとつの裏の顔であり、これまでに何人もの極悪人どもを闇討にしてきた。

昼は小吏然《しょうりぜん》として天文方のお役を務めながら、この男はそうした二面性を併《あわ》せ持ち、夜の巷《ちまた》では人知れず極悪どもを制裁しているのである。彼はそれを生き甲斐《がい》のひとつとし、また使命であると確信もし、世の不条理を切り裂こうとしていた。

そういう裏の殺戮を始めたのはわずかこの数年のことだが、きっかけは悪がのさばる姿を横目で見ていて、それに耐え切れなくなったからである。そこには彼の強い正義感があるのだが、単純に弱者が泣きを見るのが我慢できなくなり、怒りを爆発させたものだ。

むろんそのことは、この世にたった一人の女を除けば、父彦兵衛も友人の小八郎も、また役所の誰も知らず、気づかれてもいなかった。

そのたった一人の女とは、お千のことなのである。

寺が連なるなかからようやく東雲寺を探しだすと、山門の前に縄が張られて出入りを禁止され、火盗改めらしき目つきの鋭い何人かの同心が屯《たむろ》していた。

昨日の今日で、寺ではまだ詮議《せんぎ》がつづいているものと思われた。

不審を持たれては困るから、弥市はそのまま素知らぬ顔で通り過ぎ、次に新鳥越町の船宿へ向かうことにした。

その頃にはもう日は暮れ始めていた。

惨劇のあった船宿はすぐに見つかったものの、だがもはや店は空家になっていた。

隣りの船宿で聞くと、人殺しがあったことで客が寄りつかなくなり、主夫婦は店を畳んでどこかへ行ってしまったという。こういうことにも弥市は烈しい義憤を感じ、まぼろし小僧への怒り心頭に発するのである。

善良な市民が兇賊のために人生を狂わされるなど、あってはならないことではないか。

しかし殺された明樽問屋の聖天町へは、行くのをやめにした。これは怨恨などによる人殺しとは思えないから、そこへ行っていくら聞き廻っても、まぼろし小僧につながる情報を得られる希《のぞ》みはなかったからだ。

そうして弥市は大川橋《おおかわばし》を渡り、向島へと向かった。

米問屋の寮は築地塀《ついじべい》をめぐらせた立派なものだったが、やはりそこも空家になっている模様で、灯もなく真っ暗だった。

そこで弥市は隣りの百姓家の戸を叩き、出て来た老爺に、大晦日の惨劇について話を聞きたいと言ってみた。身分は火盗改めの者であると、嘘も方便を言った。

火盗改めの同心と変わらぬ黒羽織姿だったから、老爺は疑いもせず、「こりゃご苦労様で」と言ったあと、あらかたのことは町方のお役人に話しましたがと言う。

「手数をとらせてすまんが、そこをもう一度頼む」

そう言うと、老爺はわかりましたと言って弥市を土間へ招じ入れ、上がり框に掛けさせた。家の奥の方では家人の笑い声が聞こえている。

「女ですよ、女」

老爺が言った。

「なに」

「大晦日でてんてこ舞いしてる時に、あっしがものを取りに表へ出たら、隣りの家の裏辺りで、よそもんの女を見かけたんです」

「どんな女だ。若いのか、年増か」

「顔は見えなかったんですけど、あの肉づきの感じは若くはなかったですねえ。それであっしが変に思って目を凝らすと、こっちに気づいたのか、もうその女は消えておりやしたよ。隣りの旦那が一人でやって来たのはそのあとでした。けど物音もなんにもしなくて、旦那が殺されてるのがわかったのは明けて元旦だったんです」

「米問屋の主はこの寮になんの用があったのだ」

「俳諧《はいかい》ですよ。一人でねえとうめえ句が作れねえみてえで、それでここへ来て苦吟《くぎん》してたんです。そいつぁいつものことだったんですけどね」

まぼろし小僧が女とわかり、弥市がまず最初に感じたことは、

（こいつは厄介だぞ）

というものだった。

お小人目付の岡野小八郎が言うように、まぼろし小僧は力士並の膂力の持主で、東雲寺では一気に二人の人間を突き殺している。ここでその正体が女とわかっても、それがいったいどんな相手なのか、弥市には想像だにできなかった。

七

孔雀長屋の家で、お千は一人で酒を飲んでいた。

外から帰って来たばかりでまだ着替えもしておらず、黒小袖のままである。

女の一人酒には馴れているから、うら寂しくもなんともなかった。酒にはうるさい方なので、お千が飲んでいるのは極上の灘《なだ》のものだ。

そこへ油障子に人影が差し、声も掛けずに弥市がのっそりと入って来た。

「おや、こりゃお珍しい」

お千が目許を笑わせて言うと、弥市は何も言わずに仏頂面《ぶっちょうづら》で座敷へ上がり、その前にどっかとあぐらをかいた。仏頂面は照れ隠しのようにも見えた。

「飲みますか」

「すまん、ご馳《ち》ンなる」

お千が手を伸ばし、水屋から湯呑みを取り出し、それを弥市に持たせて徳利の冷や酒を注いでやる。

弥市が半分ほどをぐびりと飲み、「ああ、うまい」と言った。

「その身装《みなり》じゃお屋敷に戻ってないみたいですね。お役所からどこへ行っていなすった」

「おまえの方こそ、よそから戻って来たばかりのようではないか」

「へえ、さいでござんす。たった今ここへ」

「どこへ行っていた」

「そんなことどうしておまえさんに言わなくちゃいけないんですか、亭主でもないってのに」

「おれが亭主なら、女房に夜歩きなどさせせんよ」

お千がふふっと笑って、

「よかったですね、おまえさんと一緒ンなってなくて」

「わからんぞ、この先は」

「嫌だ、お断りですよ」

「そうか、嫌か」

お千が少し目に険を立てて、

「当ったり前じゃありませんか。あたしゃ間違ったってお武家様の女房なんかにゃなりませんよ」

「ふん、ほざきおって」

弥市も目許に含みのある笑みを湛《たた》え、憎まれ口を利きながら、手酌《てじゃく》で酒をやる。

その様子を悪戯《いたずら》っぽい目で眺めながら、

(なんだかお酒がおいしくなってきたわ)

お千はそう思った。

二人の結びつきはここ半年ほどのことで、弥市がある極悪人を闇討したところを、お千が見てしまってからだった。

その極悪人は繁蔵《しげぞう》というやくざ者で、谷中八軒町《やなかはちけんちょう》の岡場所の楼主であった。繁蔵は子分を引き連れて上州《じょうしゅう》（群馬県）や甲州《こうしゅう》（山梨県）へ出掛けて行き、百姓娘をさらってきてはむりやり女郎にし、厳重な見張りをつけて休む間もなく客を取らせていた。しかも女郎たちは満足な飯も与えられず、拉致《らち》されてきて二、三年で、餓死《がし》同然にして病死していた。

その繁蔵の非道に弥市は激怒し、待ち伏せして闇討にしたのだ。それを目撃したお千を生かしておくわけにはゆかず、それから弥市はこの長屋を突きとめ、口封じに彼女の命をつけ狙った。だがそうこうするうちに、お千が只の女鳶にあらずして、ねずみ小僧の一番弟子であることがわかってきた。そうなると話は違うわけで、裏の顔を持つ者同士、あうんの呼吸で同盟を結ぶことになったのだ。

だがその同盟もまだ固い絆《きずな》で結ばれたわけではなく、たがいにどこか踏み込めないものがあった。どちらもその人間性に理解し得ない部分を残しているのだ。つまりたがいに手探りをしているのである。しかし繁蔵以後も力を合わせて悪旗本を倒しており、二人はあやふやな関係では決してなかった。

「それはそうと、今は何をしている」

弥市が遠廻しに切り出した。

「何をって、あたしゃ鳶ですから」

「夜働きの方だよ」

お千が憤然となり、弥市をキリリと睨《にら》むようにして、

「村雨さん、いやさ、弥市っつぁん」

「な、なんだ」

「おまえさん何か誤解してやしませんか。この際だからはっきり言っときますけど、あたしゃ盗みはやってないんですよ」

お千の語気の強さに、弥市は面食らう。

「そりゃねずみ師匠が生きてた頃は、夜働きに幾つかつき合わされました。けど今はそういうことはまったくしてません。師匠が獄門《ごくもん》になったのを見てからは、われとわが身を戒《いまし》めてるんです。盗みを働いて捕まればああいうことンなる、命あっての物種《ものだね》だと思うようになりました。それにあたしには鳶職って正業があるんですから、人様のものを盗んで生きてく必要はないんです」

お千にまくし立てられ、弥市は辟易《へきえき》となって、

「まあ待て、そうしゃっちょこばるな。わたしだっておまえが盗みをやって食ってるとは思ってないぞ」

「じゃ、なんなんですか」

「夜働きとは盗みのことではなく、わたしのやっている闇の仕置きのことだ。そっちの方はどうなんだ」

「いえ、今は特に……」

視線を泳がせながら当惑を浮かべ、お千の調子が落ちた。

「そうか、それならわたしに手を貸さんか」

「何を追ってるんですか」

「まぼろし小僧だよ」

「……」

「知らんか」

「いえ、まあ」

曖昧な返答だ。

「このところそういう盗っ人が跳梁《ちょうりょう》していてな、昨夜まぼろし小僧は蔵前の寺に押入り、坊主と後家を突き殺した。その以前にも二件の兇状を働いている。

今は町方、火盗改め、寺社方が三《み》つ巴《どもえ》になって追っているが、その手並から下手人は当然男と思われ、それでまぼろし小僧という異名がついた。ところがわたしが独自に調べたところによると、彼《か》の者はどうやら女のようなのだ」

お千は何も言わなくなった。

「女の身で小太刀《こたち》でも使ってか、罪のない人たちを残虐《ざんぎゃく》に突き殺し、金品を奪っている。これはもう、許せん人でなしではないか」

「……」

「わたしはその正体を暴き、例によって闇討にしてくれんと思っている」

「……」

「どうだ、一丁乗らんか、お千」

それには答えず、お千が立てつづけに酒を呷《あお》った。そしてふうっと太い息を吐き、

「どうしてこうおまえさんとはやることなすこと似てるのかしら。別々の道を歩んでるはずなのに、結局はいつもおんなじことをする羽目に……ああ、嫌ンなっちまう」

弥市が驚きの目になって、

「まさか、そんな……おまえもまぼろし小僧を追っていたのか」

お千がコクッとうなずき、

「あたしの方が先に手をつけたんですよ。だから一歩も二歩も先行ってます」

「どこからまぼろし小僧に目をつけた」

「あたしの舎弟《しゃてい》の南無八が蔵前の寺で泥棒しようとしてたら、隣りの部屋で坊さんと後家さんが突き殺されるのに出くわしちまったんです」

「なに、では南無八はまぼろし小僧と鉢合わせしたというのか」

弥市はお千を介して、南無八とも知り合っていた。

「いえ、敵は顔を見せずに逃げて、後を追ったら女の後ろ姿だったと。それでもしゃにむに追いかけて、女の住んでる辺りを突きとめはしたんです」

「どこだ、それは」

「下谷広小路です。残念ながらそれしかわかってません。だから今日、あたしも南無八に言われた場所へ行って見てきたんです」

「当たりはついたか」

「いえ、それがまだなんとも……下谷広小路の常楽院《じょうらくいん》の門前町には百軒以上の岡場所があって、それだけじゃなくて飲み食いの店も多くって、とっても賑やかな所なんです。おぼろげにわかってることは三十前後の女だということだけですから、当たりをつけるのはこれからだと思ってます」

「わたしの方の調べでも女であることが指し示されている。まぼろし小僧が女だということはどうやら間違いないようだな」

「やりますか」

「うん、やろう」

お千が少しだけ眉を曇らせて、

「でもねえ、弥市っつぁん、おまえさんはハナっからまぼろし小僧を闇討するつもりでいるようですけど、それはどうかしら」

「四人もの人を手に掛けてるんだぞ。そんな奴に慈悲を与えてどうする」

「盗っ人にも三分の理っていうじゃありませんか」

「ないない、まぼろし小僧に屁理屈《へりくつ》はいらんよ」

「その辺、ちょっと分かれますね」

「別々にやるか」

「その方がいいみたい。まぼろし小僧を前にしておまえさんと争いたくないですから」

「ではわたしの方が先に見つけたらバッサリやる。よいな」

「事と次第によっちゃ、あたしがとび込んでおまえさんの刃を弾き返しますよ」

「味方をするのか、まぼろし小僧の」

「事と次第って言ってるじゃありませんか」

「わかった、では今宵《こよい》はそういうことで」

「お休みなさい」

それで弥市はすんなり帰るかと思いきや、モジモジとして、

「実はだな、お千」

「はい」

「近頃夜眠れずに悩んでいるのだ」

「あら、そんなふうには見えませんけど」

「どうであろう、今宵はここに泊めてくれんかな。おまえの顔を見ているとよく眠れそうな気がする」

甘えるようにして言った。

「うふっ、それでひとつ布団で寝て、何する気なんですか」

「何もせんよ、考え過ぎだ」

「まったくもう、若様、若旦那さん。さあさあ、お父っつぁんがお屋敷で首を長くしてお待ちかねですよ」

「そう邪険《じゃけん》にするなって」

懐柔《かいじゅう》しようと弥市が手を伸ばすと、お千がそれを情け容赦《ようしゃ》なくピシャッと叩いた。

弥市がショボい顔になる。

このようにしていつもお千には軽くあしらわれ、弥市は相手にされないのである。

しかし弥市とて男だから、常々お千に色気を感じており、その思いが遂《と》げられないとなると気持ちはさらに募るばかりだ。

（畜生、折りあらば、そのうちいつか……）

虎視眈々《こしたんたん》とお千を狙っているのである。

八

繁華な下谷広小路を南へ突き当たると、上野新黒門町へ出る。

そこは組糸問屋、銘茶屋、乾物問屋、生薬屋《きぐすり》、釘鉄銅物問屋等々の商家が軒を並べる一方で、名代煎餅《せんべい》、羊羹《ようかん》、生蕎麦《きそば》、餅菓子《もちがし》、京菓子といった食い物屋の店も多く、それらが老いも若きもの女客を呼ぶから、町を華やかなものにしている。

そうした賑わいの表通りから裏へ入ると、閑散として、石切りの作業場と材木置場があり、その間の小道を抜けた先に木戸門が見えてきて、片側だけの小ぢんまりとした四軒長屋があった。

大家の名を取って金助店《きんすけだな》というのだが、世間の人はそこのことを陰で後家長屋と呼んでいる。

四軒の家に住んでいる四人の女が、揃いも揃って後家だからである。

手前の家に住むお綱《つな》三十一は、口さがなくて弁が立つので、全体のまとめ役をやっている。要するに出しゃばり女だ。

二番目が小菊《こぎく》二十八、これは幸薄い感じの女で、地味にひっそりと生きている。

三番目はお国《くに》三十、筋骨の盛り上がった逞《たくま》しい躰つきをしており、田舎臭《いなかくさ》い女だ。

四番目がお六《ろく》三十二、炭団《たどん》のような色黒のずんぐりむっくりで、黙々とよく働く女である。

四人の女が後家になった事情はこうだ。

お綱の亭主は宮大工をやっていて、寺の屋根から落ちて首の骨を折って死亡し、お綱は寺社方に掛け合って大枚の金子をせしめたという。その金を元手にして、お綱は車婆あと呼ばれる車貸しの金貸しをやっている。車貸しは今日借りて明日返すという決まりで、朝借りて夕方までに返す烏金《からすがね》と似たりよったりのものだ。お綱は大金は貸さず、一両を上限として下は文銭で、利息は天引きにしている。お綱は金助店の女たちにも貸しているが、近隣の小商人や職人などを客にしている。

小菊は若い時に塩店《しおだな》をやっていた亭主と死別し、その後日本橋の方の商家の番頭と再縁したが、やがてこれとも死に別れとなり、金助店に引っ込んだものだ。小菊のせいではないのだが、亭主を二人も死なせているから幸薄いのである。今は日が暮れると上野山下まで出掛けて行き、福寿屋《ふくじゅや》という大きな料理屋で小菊は仲居に出ている。

お国は女ながらも人足仕事をしていて、護岸や橋梁《きょうりょう》工事などに狩り出され、男に混ざって劣らぬ働きをしている。亭主もおなじ人足だったが、大風の日に大川に流されて死亡した。だが口下手《くちべた》なお国に、お綱のように雇い主に掛け合うようなことはできず、一文も得られずに金助店の住人になった。大雨や風で仕事が中止になれば、お国は食いっぱぐれるのである。

お六の亭主は青物屋で、神田に小店を持っていたが、病死して借金だけが残り、お六が駆けずり廻ってなんとか返済し、神田を捨てて金助店に流れ着いたものだ。行商の中身は土物《つちもの》で、大根、人参《にんじん》、牛蒡《ごぼう》などの根菜類を、以前に知り合いの青物問屋へ行って分けて貰い、売り歩いている。

四人の女に共通しているのは誰も子を生《な》してないことで、尚かつ、親兄弟の縁も薄く、それが彼女らの明日への希望を失わせ、はかない人生観を植えつけている。

だから当然のことながら、なかには神仏に縋《すが》る者もいて、お国などは悪天候で仕事が中止になると決まって団扇太鼓《うちわだいこ》を叩き、「南無妙法蓮華経《なむみようほうれんげきよう》」のお題目を唱えている。

その日も雨降りで、お国は朝から家に籠《こ》もって太鼓を打ち鳴らしていた。案内も乞わずに油障子が開けられ、お綱が顔を覗かせた。太鼓をやめろと言われるのかと、お国が打つ手をとめて構えるような目を向けた。お綱は虫の居所が悪いと、よく太鼓の音がうるさいと文句を言ってくるのだ。

だがあにはからんや、

「うちへ来ないかい」

お綱がやんわりと言った。

「えっ」

「こんな雨降りの日はくさくさするじゃないか。たまにはどうだい、一杯。あたしが持つからさ」

酒を飲む手真似をした。

「昼間っからかい」

戸惑いながらお国が言う。

「だから何さ、昼間から酒飲んだって誰にも文句は言わせないよ」

「わかった、すぐ行くから」

どこもおなじ造りの四帖半一間で、お国はもうひと声お題目を唱えておき、お綱の家へ行った。

そこにはすでにお六がいて、お綱と共に酒の膳を整えていた。

「あんたも今日は、仕事休みなのかい」

お国が言うと、お六はうんざり顔で、

「さっぱり売れないんだよ、雨の日は」

「あたしも雨には恨みつらみでね、昨日からずっと仕事に出れないでいるのさ」

「天気のよしあしばかりは仕方ないさね」

お綱がそう言い、二人に酒肴《しゅこう》を勧め、揃って飲みだした。肴《さかな》は粗末なもので、油揚げの焼いたのと漬物である。

「けど珍しいじゃないか、お綱さん、どうした風の吹き廻しなんだい」

お国がお綱の顔色を見ながら言った。

「ちょっとね、変だと思うことがあってさ。おまえさんたちに聞いて貰おうと思って」

二人が見交わし合い、

「なんのことだい」

お六が言った。

「小菊さんのことだよ」

お綱が声をひそめるようにして言う。

「そういえば小菊さんだけ呼んでないね」

お国が不審顔で、お綱に言った。

「なんだか知らないけど、今日は早めに出て行ったよ。だから留守なんだ」

お綱が言い、酒に口をつけて、

「実はこの間、福寿屋の板前があたしン所に金を借りに来たんだよ。それでつい小菊さんの働きぶりが知りたくなって、その板さんに聞いてみたんだ。そうしたらあんた、びっくりするような答えが返ってきたのさ」

お国とお六は興味津々《しんしん》の顔になっている。

「板さんが言うには、そんな人はうちにはいないって言うんだよ」

「えっ、勤めをやめちまったのかい、小菊さん」

お国が言うと、お綱はかぶりをふって、

「違うよ、元々福寿屋に勤めてなんかいなかったんだよ。あたしたちに体《てい》のいいこと言って騙《だま》してたのさ」

お国とお六は言葉を失う。

「だとしたらだよ、小菊さんは毎日日が暮れるとどこへ出掛けてるんだろう。変だと思わないかい」

思案投げ首でお綱が言った。

お六がオズオズと口を開いて、

「小菊さんはあの通りきれいな人だし、あたしゃてっきり仲居をやってるものと……けど何をしてようが、誰に迷惑かけてるわけじゃないんだし、あたしたちみたいにあんたに金を借りるようなこともないから、放っといた方がよかないかね」

「そりゃまあ、あの人がどこで何してようが知ったこっちゃないんだけどさ、でも気にならないかい」

「ああ、気になるね。小菊さんたら、もっともらしく福寿屋の話なんかしてたんだから。あたしゃすっかり騙されてたよ」

お国が暗い表情になって言う。

「腑《ふ》に落ちないのはそれだけじゃないんだ」

お綱がまた酒を飲んで言い、

「福寿屋の板さんからその話を聞いたあと、長者町《ちょうじやまち》まで借金の取り立てに行った帰りにさ、桔梗屋《ききょうや》で小菊さんを見かけたんだよ」

「まあ、あんないい店に？」

お六が驚きで問い返すと、お綱が得たりとうなずく。

桔梗屋は客筋がいいと評判の小料理屋で、値段も高いらしく、こんな裏店の女たちが行けるような店ではなかった。

「小菊さん、まさかあんな店に一人で？」

お国の問いに、お綱は膝を進めて、

「チラッと見えたんだけど、それが連れなんかいなかったよ。あたしゃ表から見てそのまま行き過ぎてね、向こうには気づかれなかったと思う。小菊さん一人で酒を飲んで、店の亭主と話していたんだ」

「一人だとすると、本当に解《げ》せないねえ」

お国が言い、お六も同意の目でうなずく。

そこへ下駄《げた》の音が聞こえ、「お綱さん」と声を掛けて、小菊が顔を見せた。

「まあ、皆さんお揃いで」

華やいだ声で言った。

小菊は面長の顔立ちで、化粧もしてないのにどこか妖艶さのある女だ。

お綱は内心の動揺を隠しながら、お国たちと共に小菊を誘い入れ、座に加わらせた。

「雨降りで気が腐るんでね、みんなで開き直ってやってたんだよ」

お綱が言い訳のようにして言い、酒を勧めると、小菊はそれを断って、

「いけませんよ、今から飲んじまったらお店に出れなくなっちまう。それでなくともお座敷へ出れば嫌というほど飲まされるんですから」

そう言って三人の顔を眺め、悪いと思ったのか、

「あ、でも折角だから一杯だけ」

そう言ってお綱の酌を受け、小菊がキュッと酒を干した。

その飲みっぷりに感心したのか、小菊の嘘に呆《あき》れているのか、三人はぎくしゃくとして黙り込んでしまった。

九

お千と弥市は上野新黒門町の金助店、すなわち後家長屋に期せずして目をつけていた。

それは下谷広小路周辺を、二人が別々に隈《くま》なく踏査しての結果であった。

お千が怪しいと思ったのは行商のお六で、売り歩くその範囲がとてつもなく広く、そしてまちまちで、行商というものは定めた町に顔を出しては顧客を作るはずのものだから、お六の仕事ぶりに疑問を持った。どう見ても行商は隠《かく》れ蓑《みの》ではないかと思ったのだ。

お六は下谷界隈《かいわい》を足場としつつも、浅草、本所、深川《ふかがわ》、両国と売り歩き、その日の気分しだいで動いているとしか思えなかった。どこでも馴染《なじ》みがないから根菜類はちっとも売れず、いつも重いままの荷を担いで家路に着くことになる。売れ残ったものは自分で食べたり、人に安価で与えたりしているが、不忍《しのばずの》池《いけ》に大根などを大量に投げ捨てているお六の姿を見て、お千は彼女が仕事に身を入れていないように思えた。行く先が飛ぶのは押込み先の下見に違いないと、お千は確信を持ったのだ。

一方、弥市はお国を怪しいと思っていた。

わけは単純で、お国のいかにも力のありそうなその肉体であった。人足仕事で鍛えているとはいえ、並の女とは違い、お国なら二人の人間を一気に突き殺せると踏んだのだ。

雨降りがようやくやんで、お国は湯島《ゆしま》寄りの神田川で護岸工事に従事していたが、男勝《おとこまさ》りのその力強い働きぶりに、弥市はお国こそまぼろし小僧であろうと確信を持った。

だがいくら見張りつづけても、お国とお六に押込みを働く気配はなかった。

二人とも見誤りかと思って自信をなくしたところで、新黒門町の雑踏でバッタリ出くわした。

「おや、まあ」

お千が渋い表情に無理に笑みを作ると、弥市はにんまりと嬉しそうに笑い、丁度昼飯時だったので最寄りの蕎麦屋《そばや》の二階へ誘い、衝立《ついたて》で仕切った席で向き合うと、

「その様子だと首尾《しゅび》はよくないようだな」

弥市が言った。

「そう言うそちらさんはどうなんですか」

「おなじく」

「ここにいるってことは、もしかして」

「後家長屋か」

「嫌だ、どうしてあたしたちって……」

お千が思わず溜息をついた。

小女が天ぷら蕎麦を運んで来たので、二人はとりあえずそれにかぶりつき、

「おまえは誰に目をつけた」

弥市が聞いてきた。

お千がお六だと答え、そのわけを述べる。

すると弥市もお国こそ怪しいと言い、おなじくわけを話した。

「意気込んだものの、どうも違うようだな」

弥市が弱音を吐くと、お千も同感で、

「お六は単に商売が下手だけなのかも知れませんねえ、売り歩きは町の衆に顔を知られなくちゃ駄目なんですよ」

「お国もなあ、力が強いだけじゃなあ……男に混ざってよくやってはいるが」

「そうなるってえと、どうなんでしょう」

お千が箸《はし》を一旦置いて言った。

「残るはお綱と小菊だ。しかしお綱は車婆ぁでしこたま稼いでいるし、そんな女が押込みをするとはとても思えんのだよ。小菊に至っては論外であろう。あんな楚々《そそ》とした女に人が殺せるわけがない」

「決めつけちゃいけませんよ」

「ではどっちだと思う」

「どっちでもなくて、別の所にいる女かも知れません」

「いや、ほかには考えられんぞ。やはりあの後家長屋の住人のなかにまぼろし小僧がいるのだ。おまえ、盗っ人なんだから留守を狙って家探ししてみたらどうだ。誰かの家から殺しの道具が出てくるかも知れんぞ」

「ちょっと、弥市っつぁん」

お千が目を尖らせた。

「なんだ」

「あたしのこと、いつもそうやって盗っ人を見る目で見てるんですか。言葉の端々にそういう言い方が出てくると、悲しくなってきます。ここで泣いてもいいですか」

お千がわざとそういう言い方をしていじめると、弥市は大慌てで手を泳がせ、

「あ、いや、すまん。謝るよ。まったく他意はないのだ。つい口が滑った」

「だったらおまえさんのことも、闇討の人殺しだって言い触らしますよ」

「そ、それだけは勘弁してくれ。おれが悪かった」

「どうしたんですか、今日は」

お千が急に話題を変えた。

「役所を抜け出して来たんですか」

「この二、三日はずっと休みにしている。洋書の翻訳を屋敷でやっていることになってるんだよ。ゆえに誰にも怪しまれてはおらん」

「ホホホ、それはようござんした。だっておまえさんがこんなことに首を突っ込んで、お役ご免にでもされたら可哀相ですものねえ」

「おれの心配よりも、おまえの方こそどうなんだ。鳶の仕事は入ってないのか」

「いいんですよ、ほ組は大勢いますから。あたし一人ぐらい顔出さなくたって

どうってことないんです」

「そうか、それならいいな」

「で、どうしますか」

お千が真顔を据えた。

「また振り出しに逆戻りだよ」

「あたしは小菊を調べます」

「わかった、だったらおれはお綱だ」

闘志を燃やす顔で弥市が言った。

十

日が暮れる頃、小菊はいつも小さな風呂敷包《ふろしきづつ》みを抱いて家から出て来る。その時分にはお国もお六も仕事から帰っていて、井戸端で晩の煮炊《にた》きを始めている。お綱は金貸しの方の用事がいろいろとあって、昼から出たり入ったりを繰り返し、夜にも出掛け、時には小菊より遅く帰って来ることもある。

その日、お綱は夕方近くまでいたが、小菊より先に長屋を出て行った。行く先など言わないから、お国たちは何も知らない。

そしてややあって、小菊がいつも通りの地味な小袖に着替えて現れ、井戸端のお国たちに会釈《えしやく》して長屋を出て行った。

それを見送って、

「あの人、どこで何やってるのかねえ」

お国がやっかむような口調で言った。

するとお六が、

「あたしゃ小菊さんを見る目が変わったよ」

「どんなふうにだい」

「いつも地味作りにしてるけど、よく見るとあの人、随分と女臭いね」

「そうかしら」

「ぷんぷん臭うよ、女の臭い。あれはきっと男がいるに決まってる。あたしたちよりいいことしてるんだ」

「あら、そう」

お国は面白くない顔になる。

お六がつづける。

「男なんて、あたしゃ亭主が死んでからこっち、ずっとご無沙汰《ぶさた》だものねえ」

「寂しいのかい、あんた」

「時々さ、そういう気持ちになるよ。だってあたしたちは女盛りなんだ、こんな蛇《へび》の生殺しみたいなの嫌だね」

「わかるわ」

「あんたはあたしなんかより男に縁があるじゃないか。男ンなかに混ざって仕事してるんだから」

「とんでもない、あらくれ人足なんか相手にしてたら身が持ちゃしないよ。それにあいつらには実《じつ》がないのさ。女と見りゃ転がすことしか考えないんだから。ああいうことは、気持ちが通い合わなくちゃあたしゃ嫌だね」

「あたしもそう思うよ」

何かを思い出したかのようにお六が頬笑《ほほえ》んだので、お国はそれを見逃さず、

「あんた、なんかいいことあったね」

「どうしてわかるんだい」

「顔に描いてあるよ、白状おし」

「実はね、嬉しいことがあったんだ」

お六が恥じらいを浮かべて言った。

「どんな」

「本所の二つ目を売り歩いてたら、あたしとおなじ行商の人と知り合ったんだよ。その人はしがない苗売《なえう》りなんだけど、おとなしくてとってもいい人なのさ」

「年は」

「あたしより少し上かな」

「じゃ女房いるんじゃないかい」

「三年前に亡くしたって」

「子供は」

「男の子が一人。その子も一緒に連れ歩いて行商してるんだよ」

「いい子かえ」

「あたしに笑ってくれた」

「そりゃあんた、捨てたもんじゃないね。うらやましいよ」

「先のことはわからないけど、なんとかしたいよねえ」

「そうだとも、こんな所に燻《くすぶ》ってちゃろくなことないもの。あたしにだって、実はちょっとしたのがいるんだよ」

「どんな人さ、聞かせなよ」

「けどねえ、大分年が上なんだよ。人足頭やってる奴なんだけど、いい年こいて一度も所帯持ったことないんだって。考えちゃうだろう」

「口説《くど》かれたのかい」

「そんなことできる男じゃないよ、熊みたいな奴なんだから。そいつがいつも遠くからあたしのこと、やさしい目でジッと見てんのさ」

「そりゃあんた、気があるんじゃないか」

「そうかしら。次の仕事場もその人と一緒なんだよ。だからあたし、行くのが嬉しいような恥ずかしいような、なんだかおかしな気持ちンなってるのさ」

「アハハ、お国さんのそんな顔見たの初めてだ。赤くなってるよ。どうだい、今晩は一緒に食べようか」

「いいよ、いろいろ聞いとくれよ」

「あたしも聞いて欲しいんだよ」

おばさん二人に春でもきたような、どちらも夢見る乙女の表情になっていた。

十一

その少し前——。

お千は材木置場の陰に身をひそめて後家長屋を見張っていたが、小菊が出て来るや早速尾行を始めた。

小菊の足は新黒門町から北へ向かい、下谷広小路をめざしているようだった。上野山下もそっち方向なので、てっきり小菊の勤め先の福寿屋へ行くものと思い、お千の気持ちが少し弛んだ。

お千たちは小菊が福寿屋に勤めていないことを、知らないでいた。

ところが小菊は山下の方へは行かず、広小路の途中から右へ曲がり、常楽院門前町へ向かって行くではないか。

(おや、変だよ)

お千が足早になった。

たそがれた界隈は遊客が多く、ごった返しているからお千は焦った。ちょっとした気の弛みがとんだ間違いになることもあるのだ。

人を掻き分けて突き進むも、とうとう小菊の姿を見失ってしまった。

（畜生、あたしとしたことが……）

臍《ほぞ》を嚙み、悔しい思いで辺りをやみくもに探し廻った。細い路地が幾筋も交錯していて、迷路のようになっている。路地の奥は何やら隠微《いんび》な雰囲気で、どこかの家から女の忍び笑いが聞こえる。ひっそりとした家並のなかに時折人の出入りが見える。

だがそれらは皆男で、小菊がどこへ消えたのかはさっぱりだ。

背後に人の気配がし、お千がキッとふり返ると、南無八が崩れ豆腐の顔で立っていた。

「南無八……」

「姐さん、何してるんですか、こんな所で。自分から身売りにでも来なすったか」

「身売りだって？」

お千が目を尖らせる。

「ここいらは名高けえ岡場所なんですよ。深川みてえに派手な張見世《はりみせ》はございませんがね、家の奥できれいなねえちゃんたちが、声が聞こえねえように手拭い噛みしめて、ひっそりと春をひさいでるんです」

ここいらがそうだったのかとお千は思いながら、

「なんであたしが身売りしなくちゃいけないのさ」

「ケヘヘ、冗談ですよ。姐さんが売りに出されたらあたくしが真っ先に買いっけやす」

「うるさい、くだらないこと言ってんじゃないよ。あんたこそこんな所で何してるのさ」

「姐さんのお手伝いをしようかと」

「おや、そうだったのかい。ションベンちびったから嫌だって言ったくせに」

「おむつしてきましたから」

手伝いはできないと言ったものの、やはりお千のやることが気になって、南無八は陰で動いていたのだ。

二人が小声で立ち話をしている間にも、岡場所めあての男たちがそぞろ歩いて行く。

それらの人の目が気になって、お千は南無八を誘って広小路の明るい通りへ戻り、一軒の煮売り屋へ入った。店内は話が聞き取れないほどに混雑している。

二人とも酒だけを頼み、本題に入る。

「役に立つようなネタでもあるのかい」

お千が問うた。

「姐さんは小菊って女を調べていなさる。そいでもって村雨様は金貸しのお綱だ」

「よく知ってるじゃないか」

「地獄耳ですんで」

「それで」

お千が話の先をうながす。

「あたしなりに小菊のことを調べてみたんですがね、どうやらあの女はここで……」

「ここで、何さ」

「春を売ってるようなんで。つまり小菊は岡場所の女郎なんじゃねえかと」

「ええっ、そうだったの」

お千が驚きの目を剝《む》く。

「上野山下の福寿屋って料理屋の仲居じゃないのかえ」

「そいつぁハナっから嘘で、世間をたばかってたんです。食えねえ女じゃござんせんか」

「あの人がそんなことを……それ、あんた確かめたのかい」

「いえ、小菊があれをしてんのをこの目で見たわけじゃござんせんので」

「なんか嫌らしいねえ、あんたが言うと。それじゃ小菊がどこの見世にいるか、わかったわけじゃないのね。女郎だという証《あかし》は何もないんだ」

「へえ、まあ」

「うむ……」

お千が切歯《せっし》して考え込んだ。

小菊への疑惑が募った。

十二

下谷車坂《くるまざか》まで来て、一方の弥市もまたお綱を見失っていた。

お綱が夕方から後家長屋を出て、新寺町《しんてらまち》通りを突き進んで行くのを弥市は尾行していたのだが、運悪く寺のひしめく界隈で知った顔に出くわした。

それは役所に出入りの仕出し弁当屋で、弥市はマズいと思って顔をそらしたのだが、相手の方が目敏《めざと》く見つけて、

「村雨様、こんな所でお会いするとは」

愛想よく言われ、弥市もやむなくそれに応え、野暮用を終えて帰るところなのだと言ってごまかし、弁当屋と別れて急いでお綱を追うと、その姿はもうどこにもなかった。

しかしここいらは寺ばかりで、以前の東雲寺の例もあるから、弥市は緊張を浮かべ、必死でお綱を探しまくった。もしお綱がまぼろし小僧なら、またどこかの住職が犠牲にされるのだ。

その時、どこかで庭木戸が開閉を繰り返す音が聞こえた。勘が働き、そっちへ行ってみた。庭木戸が開けっ放しなことに違和感を持った。

弥市が表情を引き締めて刀の鯉口《こいぐち》を切り、その小さな寺へ向かった。履物を脱いで帯の間に挟み、庭から縁へ上がってゆっくりと廊下を進む。

寺のなかは寝静まっていた。

コトッ。

微かな物音が聞こえた。

庫裡の一室に見当をつけ、弥市がそっと障子を開けてなかへ入る。抹香《まっこう》の臭いが鼻をついた。だが八帖ほどのそこは無人だ。

「……」

弥市が部屋から出ようとし、一点に目を注いだ。

屏風の陰に隠れている女の足の爪先が見えたのだ。黒小袖の裾も見える。お綱は棒縞《ぼうじま》の小袖を着ていたから、彼女ではなかった。また寺の者とも思えない。

弥市が無言で近づき、抜刀した。

女の白い爪先がスッと引っ込んだ。

弥市が斬りつけ、屏風を真っ二つにした。

だがその時には黒い影は泳ぐように横っ跳びし、反対側の障子を躰ごとぶち破って逃走した。

弥市の目に女の着物の裏地が見えた。それは束の間《つかま》で、弥市も女のあとを追って庭へ跳んだ。

黒い影が飛鳥の如く逃げて去って行く。その背に小太刀が差してあった。

まぼろし小僧に間違いなかった。

十三

長屋に相前後して、お綱と小菊が帰って来た。

小菊が先に家へ入り、明りが灯される。

お綱も家の戸を開けようとし、そこで戦慄《せんりつ》の顔になった。

弥市が暗がりからぬっと現れたのだ。

「なんだい、おまえさんは。びっくりするじゃないか」

「金を借りに来た」

「明日にしてくれないかね、あたしゃ疲れてるんだ」

「そう言わずに頼む」

「幾らさ」

「一分でいい」

「わかった、しょうがない。お入りよ」

お綱が弥市を招じ入れ、座敷へ上がって向き合った。

「初めてだからまず氏素性《うじすじょう》を聞かせとくれ。お役人かい、おまえさん。何をしている人なのさ」

「わたしはまぼろし小僧を追っている」

弥市が豹変《ひょうへん》し、鋭い目を据えた。

とっさにのけ反るお綱に、弥市がとびかかった。お綱を押さえつけて転がし、着物の裾をまくり上げる。むっちりした白い太腿が晒《さら》された。

「おまえこそまぼろし小僧なのだ」

「な、何言ってるんだい、この唐変木《とうへんぼく》は」

「これは裏表が着れるようになっている。特別誂《あつら》えなんだろう。着物の表が棒縞の小紋、裏は黒装束になる。帯もそうだ。わたしはこれを着た女をさっきの寺で見た。逃げきれると思っていたのか」

「とんでもない言い掛かりだ、人を呼ぶよ」

するると油障子が勢いよく開いて、お千と南無八が立った。

お千の手には小太刀が握られている。

この半刻（一時間）ほどの間に、お千と弥市は連携したのだ。

「ここへ来る途中の祠《ほこら》のなかにこれが隠してあったよ。おまえさん、この小太刀で何人の人を殺《あや》めたのさ」

お千が小太刀を抜くと、白刃は鈍く濁っていた。

そして南無八にうながし、お綱を高手小手《たかてこて》に縛り上げた。

お千が弥市を手招きし、弥市は土間へ下りて顔を寄せる。

「斬らないのかえ」

お千が小声で言った。

「うん、こたびはやめにする。お上の手に委《ゆだ》ねた方がよかろう」

「けど、どうしよう。誰が突き出すのさ。あたしゃ嫌だよ、痛くもない腹探られるのは」

「あっしもちょっとそのう、マズいんです」

南無八もご免蒙《めんこうむ》る。

「いや、わたしだって表に出たくないのだ。役人に詮索されては身も蓋もない」

「困ったねえ……」

すると背後に気配がし、三人が見やると、そこに小菊、お国、お六が立っていた。

「お綱さん、何をしたんだい」

お六がオズオズと聞いた。

「こ奴はまぼろし小僧という兇賊なのだ。ゆえに今からお上へ突き出そうと思っている」

小菊たちが驚きで見交わし合い、

「そんな、何かの間違いでは」

小菊が言った。

「いいえ、間違いなんかじゃあ……そうだ、おまえさんたちでこの人を突き出してくれないかしら。きっと褒美《ほうび》が出ますよ」

お千の言葉に、女たちはひそひそと囁《ささや》き合っていたが、

「わかった、今からみんなで連れて行くよ」

お国が言い、太い腕をまくり上げた。

それでお千たちはホッとし、「それじゃ頼みますよ」とお千が言って行きかけると、

「あのう、おまえさん方はいったいどういう人たちなんですか。いいえ、お役人に聞かれたらなんと答えようかと……」

小菊が言うのへ、弥市がにっこり笑い、

「わたしたちは世直し組なのだ。世直しは前面に立ってはマズかろう」

「世直し……」

解せない顔の小菊を残し、三人は悠然《ゆうぜん》と、そして途中から逃げるように足早になって立ち去った。

そして三人は月下を浅草の方へ向かいながら、

「弥市っつぁん、どうして斬るのやめたんですか」

「あの女が兇賊になったわけはそれなりにあるんだろうがな、こたびはむやみに斬る気が失せた。というか、ものの憐れを覚えたのだよ」

「ものの憐れ……」

「まあ、そのう、なんちゅうのか、うまく説明できんが、お綱の顔を見ていてそう思ったのだ。慈悲深くなったのかな、わたしは」

「弥市さんらしくないですね、それじゃつまらない。ああいう場ではもっとあたしと角突き合わさないと」

「変わった女だな、おまえも。血を見ずに収まったんだからそれでよかろうが」

「南無八、一杯やって帰ろうか」

「へいへい、お供致しやしょう」

「待て待て、わたしもつき合うよ」

先にずんずん行くお千と南無八を、弥市が慌てて追った。


その後のお上の調べで、お綱は若い頃に金剛《こんごう》の捨丸《すてまる》という盗っ人の情婦だったことが判明した。

亭主が宮大工をやっていて、寺の屋根から落ちて死亡し、お綱が寺社方に掛け合って大金をせしめたという話は真っ赤な嘘で、それはそういう目に遭った他人の話をそっくりわが身に移しかえたものであったのだ。恐らく金貸し開業の資金は、盗っ人の亭主から得たものと思われた。

わかったのはその事実だけで、お綱が何ゆえ単独で兇賊となったのか、詳《つまび》らかな経緯は一切語られぬまま、彼女は刑場の露と消えた。

必要以上に残虐な殺しの理由も、世を怨んでの所業なのか、彼女の性癖がそうなのか、不明のままなのである。

それを聞いたお千が思うに、やはり盗みは習い性になるのか、亭主の影響だったのか、あるいはお綱の元々の邪《よこしま》な気性のせいなのかと、思いは様々に飛んだものの、本当のことはわからずじまいに終わった。

一方、小菊がなぜ私娼に身を堕としたのかとなると、さらに知る由もなかった。小菊は今も福寿屋の仲居を名乗り、日が暮れると常楽院門前町へ春をひさぎに行っている。

それらいろいろなことがわかったところで、お千の口から「はあっ……」と大きな溜息が漏れた。

二人の女の人生航路を思うにつけ、切ないような、悲しい気分にとらわれたのだ。

明日はわが身などとは思いもしないが、おなじ女として胸が塞がれたのであった。

第二話　金さんの失敗

一

ほ組の受持ちのひとつである浅草茅町《かやちょう》で小火《ぼや》があり、お千はそれに馳《は》せ参じるや、火消しらと共に消火活動を行い、孔雀長屋へ帰って来た時は昼を過ぎていた。

火消し帰りだから、盲縞《めくらじま》の腹掛け、股引《ももひき》、木綿《もめん》の着物、素足に草履《ぞうり》、腰に鳶口《とびぐち》を差し、印半纏《しるしばんてん》をひっかけたいつもの鳶職《とびしょく》の姿だ。

火元は雛人形手拵え問屋《ひなにんぎょうてごしらどんや》で、土蔵が半焼して人形と羽子板《はごいた》などを少々焼いただけで済んだから、主《あるじ》が喜んでほ組の皆に昼飯をふるまってくれた。それに金一封まで出たので、お千は機嫌をよくして皆と別れてきた。

途中の道で、桜の蕾《つぼみ》が脹《ふく》らみ始めているのを見て、ますますいい気分になった。

朝早くから火事で叩き起こされたので、長屋へ帰って昼寝をするつもりで木戸門を通った。その時、住人のかみさんたちは路地に誰もいなかった。

するとそこで、唐草模様《からくさもよう》の大風呂敷《おおぶろしき》を背負った見知らぬ男とすれ違った。

「どうも、ご苦労様で」

男がさり気なく言い、頭を下げて通り過ぎて行く。

お千は家の前でヒタッと立ち止まった。

今の男をはっきり見ていなかったが、お千の家から出て来たような気がしたのだ。

(まさか……)

ガラッと油障子《あぶらしようじ》を開け、すばやく家のなかを見廻した。枕屏風《まくらびようぶ》がひっくり返って、衣装簞笥《だんす》が荒らされていた。

(あ、あたしンちに泥棒に入るなんて)

血相変えて男を追った。

柳橋《やなぎばし》で追いついた。

大風呂敷を背負った男は、のんびりとした足取りで歩いている。

「やい、泥棒」

お千が怒鳴りつけると、男が間抜け面でふり返り、泡を食って逃げだした。

猛然とお千が追う。

男は途中で大風呂敷を肩から外し、橋の真ん中にそれを放りだして一目散に逃げる。

「泥棒っ」

また叫んでお千が追って行った。

そのあとへふところ手の町人体《てい》がぶらりとやって来て、放られたままの大風呂敷に目を止めた。

「なんでえ、こいつぁ……」

三十前後のその男は丸顔にやや小肥りで、どこにでもいる遊冶郎《ゆうやろう》といった体の、堅気《かたぎ》らしくない人物だった。しかしそこいらにいるごろつきや無頼の徒ともまた違い、賢者らしきその目には理と知があった。よく見れば躰はがっしりしていて、武芸で鍛えたように逞《たくま》しいものである。子持ち唐桟縞《とうざんじま》の小袖に梅鉢《うめばち》唐草柄《からくさがら》の帯を締め、粋でいなせな風情が身についているところから、どこにでもいる遊冶郎とは違うように思えた。つまり気楽な町人体に身をやつしてはいるが、決して只者《ただもの》ではないのである。

に殴っていた。

下柳原同朋町《しもやなぎわらどうぼうちょう》へ入ったところで、お千は男をひっ捕え、鳶口の柄でボコボコ
何事かと人が集まって来ている。

「あんた、初めてじゃないね」

「生まれて初めてです、ほんの出来心ですからお赦《ゆる》し下せえ」

「嘘つくんじゃないよ、誰が信じるものか」

すぐ近くに自身番《じしんばん》があったので、顔見知りの町役人《ちょうやくにん》たちが駆けつけて来て、
お千の説明を受けて男に縄を打った。

そのとたん、お千が「あっ」と大きな声をだした。大風呂敷を柳橋の上に放
ってきたのを思い出したのだ。

慌てて身をひるがえすと、さっきの遊治郎が大風呂敷を背負ってトコトコと
こっちへ歩いて来た。人の荷物を背負ったその姿は、いかにも間抜けに見えた。

とっさにお千が決めつけた。

「あんたも仲間なのかい」

遊治郎は目を剝《む》いてパチクリさせ、

「お、おいらが？　冗談じゃねえ、とんでもねえこった」

「嘘おつき」

お千と遊治郎が間近で睨《にら》み合った。

パッと笑いが弾け飛んだ。

近くの茶店の床几《しょうぎ》で、お千は遊治郎と向き合っていた。

「こいつぁおいらの分が悪かったなあ。盗まれたおめえの荷物を背負ってりゃあ、どう見たってコソ泥の仲間だぜ。アハハ、間抜けもいいとこだ」

「いいえ、あたしの方こそおまえさんのご親切を早合点しちまいまして、申し訳ありません」

「いいってことよ、それよりおめえは」

遊治郎はお千の身装《みなり》を、改めて上から下まで眺めて、

「女だてらに鳶なのかい。大層勇ましいじゃねえか」

「はい、ほ組の千と申します。おまえさんはどちらさんでござんしょ」

「おいらはそのう、金次《きんじ》ってんだ。町のみんなは金公、金さんと呼んでらあ」

「金さんは浅草の人なんですか」

「う、うむ、まあ、今ンところはな」

「失礼ですけど、生業《なりわい》は」

「生業？」

「何をなすって飯を食っていなさる」

「生業なんて持ってねえよ。無職渡世《ぶしょくとせい》だと思ってくんな」

「あら、でも……」

「なんでえ」

お千も改めて金次の風体を眺め、

「まるっきり、そうとも……」

「いやいや、買い被《かぶ》らねえで貰いてえ。遊んで暮らしてる只の日陰もんよ」

手拭いをポンと肩に掛け、斜に構えてみせた。

（ふふん、恰好つけちゃって。気障《きざ》な野郎だよ、まったく）

この時のお千は、金次という男をその程度にしか思わなかった。

二

人と人の縁《えにし》とは不思議なもので、それからさほど日を置かずして、お千は金次と再会したのである。

場所は浅草寺境内《せんそうじけいだい》で、その日お千は南無八《なむはち》に呼び出され、山門の仁王門《におうもん》前にしゃがみ込んで身の上相談に乗っていた。

今日のお千は霰小紋《あられこもん》の小袖を着て、古瓦模様《ふるがわら》の下着を裾からチラつかせ、市松柄鳳凰《まつがらほうおう》散らし帯を締めた、江戸前の女らしい小粋な姿である。

「何をやってもうまくいかなくって、あっしみてえな運から見放された哀れな男ってのがいるもんなんですねえ」

南無八が芝居がかって言い、

「植木、大工、鋳掛《いかけ》と、ひと通りなんでもこなせて腕もそこそこなのに、どこの親方もいざ雇うって段になると……」

「二の足踏むんだね」

「この面がいけねえんでしょうか」

「それもそうだけど、心掛けが悪いんだよ」
身も蓋《ふた》もないお千の言い方に、南無八は情けない顔になって、
「死ぬっきゃねえってこってすかい」
「ゆんべはどこの賭場《とば》行ったのさ」
「下谷七軒町《したやしちけんちょう》で」
ポロッと言ってしまい、あっと口を押さえて、
「行ってねえですよ、賭場なんて」
「要するにあれだろ、早い話がいつもの借金なんだろ」
「へい、ほんの少しだけ恵んで下さりゃあ」
「用立てれば死なないんだね」
「あっしが死んだら困りますか」
「不人情な女って言われるのが嫌なんだよ」
「いい人だなあ、ねずみの姐《ねえ》さんて」
「どうして姐さんにねずみがつくのさ」
「師匠にだんだん似てきたからです」
「どこが」

「なんとなくです」

「……」

お千は些《いささ》か心外だ。

師匠のねずみ小僧次郎吉は、それほど褒《ほ》められた気性ではなかった。何事にも曖昧《あいまい》で、少し狡《ずる》くて臆病者だったのだ。お千のいったいどこを指して師匠に似ているというのか、南無八に突っ込んで聞きたいところだが、面倒なのでやめにした。

「あたしが仮にいい人だとしてよ、そこにつけ込むあんたって人も阿漕《あこぎ》だわよ」

「そんなこと言わねえで下せえやし」

「それじゃ、これ」

お千が財布から二朱ほど取り出し、南無八の手に握らせた。

「ああっ、泪《なみだ》が止まらねえ」

「空泪の南無八って、有名なんだってね」

「トホホ、読まれてらあ」

その時、辺りが騒がしくなって、広小路の前の東仲町《ひがしなかちょう》へ向かい、人が駆けて行くのが見えた。

「なんかあったのかしら」

お千が立ちかけると、人の流れに逆行して金次がやって来た。今日は白地弁《べん》慶格子《けいごうし》の小袖に、朱の豆絞りの細帯を締めたいつもながらのいなせな姿で、遊冶郎の面目躍如《やくじょ》である。

「おおっ、おめえ、お千じゃねえか」

「まあ、金さん」

「嬉しいねえ、おめえにまた会えるとはよ」

「あたしもですよ」

とっさにお千も愛想を言う。

金次は一緒にいる南無八を怪訝《けげん》に見て、

「こいつぁ亭主かい、おめえの」

お千がカクッとなって、

「冗談よして下さいな、只の親戚の叔父《おじ》さんですよ」

「なんだ、そうかい、よかったよかった」

「何がよかったんですか」

「アハハ、まっそりゃともかく、そこの東仲町で人殺しがあったんだとよ」

「ええっ」

南無八が首を突っ込んで、

「こんな真っ昼間っから人殺しとは。いってえどこで、誰が」

「ちょいと待った、まず名乗ってくれよ、親戚の叔父さんとやら」

「こりゃ失礼を。あっしぁ南無八と申しやして、こいつの母方の何でごぜえやすよ」

「叔父さん、この人は金次さんといって、コソ泥の仲間なんだよ」

「お、おい、お千、そういう引き合わせの仕方があるかよ」

冗談とわかっていながら、金次が泡を食う。

「本当なんですかい、そう言われりゃ見えねえことも……」

金次が腐って、

「まともじゃねえぞ、二人とも」

「へい、不真面目な一族なもんで」

南無八が受けない冗談を言う。

「それより金さん、人殺しはどこですか」

「それを聞いてどうするんでえ」

「ちょいと野次馬ンなってみようかなと」

「好きなのか、そういうの」

「血が騒ぐんです」

三

野次馬を掻き分け、お千、南無八、金次が前へ出て来ると、東仲町のその家の入口に縄が張られて規制され、町方同心、岡っ引き、小者らが大勢出入りしていた。

家は湯屋を思わせる大きな造りだが、それともまた違って、入口が見え難いようになっており、踏み石が玄関の奥まで長くつづいている。

料理屋かと思うとそれらしい看板や軒燈《けんとう》もないから、お千は首をひねって、

「金さん、あれってどういう家なんですか」

「行ったことねえのか、おめえ」

「知りませんよ」

南無八が親戚の叔父さんになりきって、

「お千、嫁入りめえのおめえが知らねえのも無理はねえ。あれは出合茶屋《であいぢゃや》ってんだよ」

「ああ、あれが……わけありの男と女が密会する所ね」

そう言ったお千が、キリッと金次を睨み、

「そんな所、あたしが行ったことあるわけないでしょ、金さん」

「へへへ、もしやと思ってよ。それならいいんだ、よかったよかった」

よかったよかったは、金次の口癖らしい。

南無八が隣りの野次馬に聞く。

「いってえ誰が殺されたんだね」

「どこかのお武家のお女中みたいですよ」

お店者《たなもの》らしい野次馬が答える。

「武家と聞くと、ジッとしていらんねえんだよなあ」

金次がつぶやいて役人たちを眺めるうち、知った顔を見つけたらしく、一人の岡っ引きに「よっ、親分」と声を掛けた。

その男は聖天町の伊左吉《いさきち》といい、骸骨《がいこつ》が着物を着ているような若造で、金次に呼ばれるや辺りを憚《はばか》り、瘦せた肩を尖《とが》らせて近づいて来た。虚勢を張っているのがわかる。

伊左吉を見た南無八が「あっ、マズい」と言い、お千に何事か囁《ささや》いて姿を消した。

金次はお千と南無八の動きを、何も言わずに見ている。

伊左吉が金次の前へ来ると、人目を気にして一方をうながし、横へそれた。

金次がお千を誘って伊左吉について行く。

出合茶屋から少し離れた所で、金次と伊左吉は向き合った。お千は恐縮の体で金次の後ろに突っ立っている。

「なんだ、金公、女連れで人殺しを見に来たのかよ。それとも茶屋にへえってしっぽり濡れるつもりだったのか」

金次をからかう伊左吉が、まじまじとお千を眺めて、

「タハッ、それにしてもてえへんな別嬪《べっぴん》じゃねえか。いつもの芸者衆とも違うようだし、この野郎、隅に置けねえな。どこでひっかけやがった」

「へえ、そいつぁご勘弁を」

と言いつつ、金次が金包みをさり気なく伊左吉の袂《たもと》へ落とし、

「出合茶屋で人殺しとは穏やかじゃござんせんね。やられたな、お武家のお女中だとか」

伊左吉は袂に手を突っ込み、金の重さを量っていたが、にやっと嬉しそうに笑い、

「そうなんだよ、ご大層なべべ着てっから、ありゃおめえ、どっかの然《しか》るべき所の御殿《ごてん》女中だぜ」

「相手はどうしやした」

「それがよ、相手が来るめえに殺されちまったみてえなんだ。悲鳴を聞いた隣りの奴が泡食ってご注進したのさ」

「するってえと、居合わせたほかの客は」

「一人もけえしてねえぜ、そんなかに下手人《げしゅにん》がいるかも知れねえからな。お女中以外に十六人、ひとっ所に集めてらあ。みんな表沙汰《おもてざた》にされたら困るような連中ばかりだろ、揃って生きた心地のねえ面してるよ。うふふ、ざまあみろだ」

昼間から情事に耽《ふけ》る男女を、伊左吉はやっかんでいるようだ。

「お武家筋となると、こいつぁ目付《めつけ》方の受持ちンなりやすね」

金次がさらに聞く。

「お女中の身分がわからねえうちは、こっちだって手放すつもりはねえぜ。お武家絡みで面倒そうなんでよ、これから吟味方与力様《ぎんみがたよりき》がご出馬になることンなって、今みんなで待ってるんだ」

「与力様のお名めえは」

「山下桃蔵《やましたももぞう》よ」

「ははあ」

「おめえなんざ知らねえだろうがな、おっかねえお人なんだぞ」

「あ、さいで」

金次が伊左吉に会釈し、お千をうながして行きかけた。

「ちょい待ちな、そこの姐さん、どういう筋の人なんだよ。このおれ様になんだってひと言も口を利かねえ」

お千が艶《あで》やかに頰笑《ほほえ》んで、

「これは失礼を致しました、親分さん。あたしゃほ組で鳶をやっております千と申す者でして、こちらの金次さんにはひとかたならぬお世話に。以後よろしくお見知りおきを」

つけ込む余地を与えず一礼した。

(ふン、こんな奴、十手がなけりゃ道も歩けないくせに)

お千が腹のなかで伊左吉に毒づいた。

四

北町奉行所吟味方与力山下桃蔵が小者数人を引き連れ、威風を払ってやって来ると、その前にひょいと金次がとび出して来た。

お千は少し離れた所から、固唾《かたず》を呑むようにして見守っている。

金次が腰を低くし、含んだ目顔で挨拶をすると、それを見た山下の顔色が一変した。動揺し、辺りを見廻して金次の袖を引き、出合茶屋の横手へ連れて行く。そこで二人はひそひそと立ち話を始めた。

その様子を、今度はお千は怪訝顔になって見ている。

山下は白髪の老年で、謹厳実直《きんげんじっちょく》を絵に描いたようないかにもの武骨者だが、それが金次に対して恐懼《きょうく》の表情さえ見せている。

(あの金さんて何者なのかしら……只の遊び人じゃないわね、あの感じだと与

力様より上みたいじゃない。そんなことありえないんだけど。あたしもつき合い方考えないといけないのかしら)

山下と別れた金次がこっちへ戻って来た。

「待たせたな、お千。お許しが出たんで今から検屍《けんし》といこうじゃねえか。おめえもつき合えよ。血が騒ぐんだろう」

「あ、いえ、ちょっと待って、金さん。検屍ってどういうことよ。あたしは何もそこまでは……それにどうして与力様のお許しが出たの。そんなことあるわけないでしょ」

「いいからよ、四の五の言わねえでおいらのあとについて来なって」

「嫌よ、あたし、ここで帰る」

「おれぁおめえを見込んでるんだぜ」

「見込んでる？」

「おめえがいると詮議《せんぎ》がはかどるような気がするんだ」

「せ、詮議って、何言ってるの。あたしたちはお上の者じゃないのよ。そんなことできないわ」

「はン、ここへきて尻込みかい、だとしたらがっかりだぜ。情けねえなあ。達者なのは口だけなのかよ」

お千がムッとして、

「みくびらないでよ、あたしのこと」

「もういい、けえっていいぜ。こいつぁおいら一人でやるよ」

背を向ける金次に、お千が追って、

「わかったわよ、つき合うわよ。本当にまったく、うまいこと人の気持ちを煽《あお》っちゃってさ、金さんて海千山千《うみせんやません》の男なのね」

「褒められて嬉しいぜ」

そうしてお千は金次の後から行きかけ、

「ちょっと待って、金さん」

「なんだよ。ちょっとが多いな、おめえは」

「そもそもあたしと叔父さんが仁王様の前にいた時、人殺し騒ぎンなったんだけど、金さんあの時逆から来たわよね」

「それがどうしたい」

「あれってつまり、金さんはこの出合茶屋の前にいたんじゃないの。ふつうの野次馬よりも先に事件を知っていたとか……」

「ま、まあな」

金次が口を濁す。

「それであの時、どこへ行こうとしてたの」

「うるせえな、いいだろう、そんなことどうだって。おれだっておめえにちょいとした疑いを持ってるんだぜ」

「なんのことよ」

「おめえの親戚の叔父さんだよ。岡っ引きの伊左吉を見たとたんにコソコソといなくなっちまったじゃねえか。ありゃおめえ、脛《すね》に疵《きず》持つ身だからだろう。違うかよ」

「そ、それを言われると……」

お千が返答に窮した。

「おたげえ、マズいことにゃ当面蓋をしとこうぜ。いいな、突っ込みはなしにしてくれ」

「う、うん……」

五

殺人現場の一室は人払いがなされ、夜具も何も敷いてない畳の上に、女の死骸だけがごろっと転がっていた。

その枕頭《ちんとう》に山下桃蔵が正座している。

小者の案内で金次とお千が入室して来た。その小者はすぐに姿を消した。

金次が死骸に寄り、まずは合掌《がっしょう》してから検屍を始めた。

山下の手前口出しなどできないから、お千は小さくなって座敷の隅に畏《かしこ》まっている。しかし山下がお千のことを咎《とが》めないということは、恐らく金次が根廻しをしたものと思われた。お千はそこにも金次という男の不可思議さを感じた。

死骸はまだ年若い娘で、胸を刃物らしきものでひと突きにされている。島田髷《まげ》に鼈甲《べっこう》の笄《こうがい》を一本差し、綸子《りんず》総縫《そうぬい》の小袖を着ている。器量は尋常で目は閉じられ、唇は固く引き結んでいる。

金次は娘の身許がわかるものはないかと、死骸のふところや袂をまさぐっていたが、何も出てこないので溜息をつき、

「これ、山下よ」

と言った。

山下が「はっ」と答えて膝行《しっこう》する。

与力を呼び捨てにする金次を、お千は驚きの目になって見た。

「手提げや巾着《きんちゃく》の類《たぐい》は」

「何も持っておらなかったそうで」

「妙だな、財布もないぞ」

「持ち去られたのでは」

「しかしこれは物取りではあるまい」

「はっ」

「下手人を見た者は」

「いえ、誰も」

「では悲鳴を聞いてご注進した者を、ここへ呼んでくれぬか」

金次は別人のような武家言葉だ。

「お待ちを」

山下が忠実に答え、出て行った。

お千は恐る恐る金次を見ると、

「金さん、いえ、金次さん、おまえさんはいったい……」

「突っ込みはなしにしてくれと言ったはずだぜ、お千」

そう言って、金次が悪戯《いたずら》っぽい目でにやっと笑った。

「でも、でも得心がいきませんよ。与力様を顎《あご》で使うおまえさんは何者なんですか。お武家様ですよね。だったらそのお身装《みなり》は変装ってことに」

「お千、詮索《せんさく》はあとだ」

金次の声に威圧され、お千は「むっ」と言葉を呑んだ。

山下が商家の番頭風を伴って戻って来た。

番頭は死骸を見るなり呻《うめ》くような声を上げて顔を背け、手拭いで口許を押さえた。

「この者が隣りの部屋にて、娘の悲鳴を」

山下が言うと、金次は番頭風に目をやり、

「その一部始終を聞かしてくれねえか」

「は、はい」

番頭もお千とおなじように、遊び人の金次に戸惑っているようで、

「お、おまえさんはどちら様で？　お役人様なのでございますか」

するとと山下が扇子《せんす》で自分の膝を叩いて叱責《しっせき》した。

「余計なことを申さずと、聞かれたことにだけ答えい」

番頭は山下の剣幕に恐れ入り、

「はい、では申し上げます。わたしが連れと話し込んでおりますと、足音も何もないままに隣りに人が入って来たようで、それからすぐにこの人の悲鳴が聞こえたんです。あっという間の出来事でした。わたしはとても尋常ではないものを感じまして、部屋を出て隣りに声を掛けました。ところが返事がないので唐紙《からかみ》を開けて覗いたら……」

おぞましい表情になってうつむいた。

「足音は聞こえなかったんだな」

「はい、来る時も立ち去る時も、一切物音はしませんでした」

金次が立って閉め切られた障子を開けた。

小庭があって高い板塀に囲まれ、近くに潜《くぐ》り戸があった。そこからなら誰にも見られずに出入りは叶《かな》うはずだ。

金次が番頭を退《さが》らせ、次に山下に頼んで茶屋の主を呼ばせた。

主は唐茄子《とうなす》のような顔の中年男で、やはり町人姿の金次に抵抗を感じたらしいが、山下に叱られた末、結局は金次の問いに答えることになった。

死骸の娘は初めて見る顔で、そういう客は珍しくなく、部屋代は最初に娘から貰ったから不審は何もなかった。連れはあとから来ると娘から聞き、酒の用意も無用であると言われた。主の話はそこまでだった。

主からは何も得られず、退らせた。

金次は唸《うな》り声を上げ、考え込む。

「若、お尋ねしても」

山下が控えめな口調で金次に言った。

「若」という呼びかけにお千は反応し、金次のことを見守っている。

(若ってことは、若様よね。でもあの人はどう見ても三十前後だから、結構年食った若様じゃない。若なんて呼ばれて恥ずかしくないのかしら)

お千の内面の声だ。

山下が話しだした。

「若、何ゆえこのようなことにご介入を。町場の事件に首を突っ込んでいては、際限がございますすまい」

「山下、これは市井《しせい》町場の事件ではないのだぞ」

「ええっ、ではどのような……」

「それをずっとおれは調べていた。この娘が何者かは知らぬが、刺客《しかく》の方を追っていたのだ」

「刺客の正体をご存知なので」

「いや、まだ定かではないのでここで明かすわけには……勘弁してくれ」

「はっ、しかし……では町方が手掛ける事件ではないのですな」

「ああ、まあな」

そう曖昧に言ったあと、金次は再び死骸を見やって、

「果たしてこの娘はどこの何者なのか……」

「すみません、ちょっとよろしいですか」

お千が割って入った。

金次と山下がお千を見る。

「構わねえ、なんか気づいたことでもあるかい、お千」

お千がうなずき、死骸に寄ってジッとその髷に目を注いだ。さっきから髪の生え際が不自然で気になっていたのだ。髷を両手で抱え持つようにすると、そ

れはすっぽり外れて、下から剃髪《ていはつ》にした丸坊主が現れた。

さすがに金次と山下が驚き、愕然《がくぜん》となる。

「この人、尼さんじゃないんですか」

「お千、おめえ……」

「それにこの衣装、豪華そうですけどそばで見ると結構日に焼けてますよね。てことはですよ」

お千が娘の着物の襟元《えりもと》を開き、内側を念入りに調べた。目につかない所に布切れが縫い込まれ、そこに「大島屋《おおしまや》」という文字が読み取れた。

「これ、貸衣装ですよ。大島屋というのはそこの屋号なんでしょう」

金次はすっかり瞠若《どうじゃく》し、お千に目をきらつかせて、

「お千、でかしたぞ。やはりおめえを連れて来てよかった。うむ、よかったよかった」

小躍りせんばかりにして喜んだ。

六

金次が話したいことがあると言うから、お千は希《のぞ》むところとつきしたがい、東仲町の表通りへ出て蕎麦屋《そばや》の二階へ上がった。

丁度家族連れが賑やかに帰るところで、そのあとは二人だけになった。

蕎麦は頼まず、筍《たけのこ》の煮たのを肴《さかな》に酒を傾ける。

「まずおいらの身分を明かさねえといけねえな」

「どんなご身分なんでしょう。あたしの風呂敷包みを背負ったあのお姿が焼きついてますんで、想像もつきませんけど」

金次は快活に笑い、やがて真顔になって、

「何を隠そう」

「はい」

「おれはこれでも遠山家《とおやまけ》の跡取りなんだ」

「そう言われてもねえ、どこの遠山さんなのやら」

「偉えんだぞ、おれの親父は」

「お父上が偉いんですね」

「うるせえ、黙って聞け」

「はい」

「何を隠そう」

「それはもう聞きました」

「親父は今は隠居の身だが、かつては長崎奉行をやってその名を天下に轟《とどろ》かせたんだ。長崎だけじゃねえ、蝦夷《えぞ》地《ち》の検察も任されて、その時にわが国に攻め込んで来たオロシャ国の船を、親父一人で追い払ったんだぞ」

さも自慢げな口調で言うが、金次はみずからを揶揄《やゆ》しているようだ。

「凄いお父上ですね、まるで大昔の荒武者みたいじゃないですか」

「遠山左衛門尉景晋《さえもんのじようかげみち》ってったら、幕閣じゃおめえ、小姓組番、徒頭《かちがしら》、長崎奉行、作事奉行、それに勘定奉行を歴任したてえへんなお人よ。その伜《せがれ》のおれがいくらこんな遊び人の姿に身をやつしていても、親父の名めえを出すだけでさっきの与力みてえにみんな尊敬の眼差しになるんだ。言い伝えってな恐ろしいもんだぜ。そのお蔭でおれぁ随分と得をしてるよ。まっ、山下桃蔵はおれのがきの頃からの知り合いだったがな」

「町方の与力様が、長崎奉行様のお屋敷に出入りしてたんですか」

「親父とは剣の道場が一緒だったのさ」

「ああ、それで若と。あたしもこれから若と呼ぼうかしら」

「よせやい、おめえにだけは許さねえ」

「どうしてですか」

「だっておめえ、どっか馬鹿にしてんだろ、おれのこと。そんな奴に若なんて呼ばれたくねえ。馬鹿殿って言われてるみてえだ」

お千がコロコロと笑い、

「でもその若がどうしてそんな恰好して町をうろついてるんですか。お立場上、ちゃんと羽織袴《はおりはかま》でお屋敷にいないとマズいんじゃありませんか」

「それがいらんねえ事情があったんだよ」

「聞かせて下さいな」

「そいつぁまだ言いたくねえ。おれんちの家庭の事情だよ」

「はあ」

この金次こそ、通称金四郎《きんしろう》、後の世で遠山左衛門尉景元《かげもと》となり、北町奉行に出世して江戸庶民のために大いに尽力して名を馳せるのだが、お千と出会ったこの頃は、ようやく家督《かとく》を継ぎ、従五位下大隅守《じゅごいげおおすみのかみ》に任じられて、西の丸小納戸《こなんど》頭取格《とうどりかく》のお役に就いたばかりであった。それでも若い一時期家をとび出して無頼の生活に身を投じたその名残《なごり》で、こうして非番の時は身分を隠し、自由気ままに浮世を泳いでいるのだ。

「それよりお千、おめえこそ只者じゃねえな。死げえの鬢《びん》と貸衣装を見破るなんざ、てえしたもんだぜ。あれをやられたらよ、あそこにいた役人どもはみんなぼんくらになっちまうじゃねえか」

お千がスッと真顔になり、

「金さん、いえ、金次さん、あたしゃ今の話は聞かなかったことにして、これまで通りのおつき合いにさせて貰いますよ。そうでないと堅苦しくていけませんさっきのは冗談で、若なんてお呼びしませんから」

「おう、そうしてくれ、金さんで結構」

「で、この一件、最初っから聞かせて下さいな」

「おめえ、やる気ンなってるのか」

「当然じゃありませんか、人が一人殺されてるんですよ。このままだとあの若い尼さん、浮かばれません」

「よし、おれもやる気ンなってきたぞ。おめえという強え味方を得たからな、その代り命の保証はねえと思えよ」

お千が表情を引き締めて、

「そんな怖ろしい事件なんですか」

「そうともよ。ふんどし締めてかからねえといけねえぞ」

「ふんどしはしてません」

「おれがしてやろうか」

金次がそろりと手を伸ばし、お千の手を握った。

それをたちまちお千がぶっ叩いた。

あっさりさらっとしているようでも、この金次も男の目でお千のことを見ていたのだ。

（どっこい、口説《くど》かれてなるものか）

お千は笑いを怺《こら》えながらも、心を引き締めた。

七

春だというのに、その夜は底冷えのする寒さだった。

お千、村雨弥市《むらさめやいち》、南無八の三人は早咲きの桜を眺めながら、湯島天神《ゆしまてんじん》の境内をぶらついていた。

お千が声を掛け、弥市の組屋敷の近くで待ち合わせたのだが、傍目《はため》にはのんきにぶらついているように見えても、三人が話す内容は濃密なものだった。

お千がひょんなことから金次という男と知り合い、それから二人して浅草東仲町の出合茶屋での尼僧殺しに遭遇し、金次と力を合わせて事件を解決することになったのだと、お千がまずはこれまでのあらましを弥市に語った。

散策の男女がひっきりなしに通る茶店の床几に掛け、三人は湯気の立った甘酒を飲んでいる。

「何者なのだ、その金次という男は」

弥市が金次への疑問を投げかけた。

「ご大身のお旗本のれっきとした跡取りでいながら、なぜか巷《ちまた》を徘徊《はいかい》している無頼のお兄さんてとこに見せかけてますけど、その名を遠山大隅守景元様というんだそうです」

お千の説明に、弥市が驚きの目を剝いて、

「と、遠山家といったら……お父君が元の勘定奉行殿だったあの遠山家ではないのか」

「知ってましたか、弥市っつぁん」

「知らいでか。われら御家人から見たら左衛門尉景晋様は雲の上の人だよ。その御方の伜が、身を持ち崩して無頼をやっているというのか」

「ですから無頼を装ってるのは、あくまで世間の目を欺《あざむ》いてるつもりなんでしょう。年の頃なら三十前後で、気障《きざ》でいなせを気取っちゃいますけど、お若いのに酸《す》いも甘いも嚙み分けたとこのある人ですね。その昔にご家庭の事情がいろいろとおあんなすったようですから、そういうところを乗り越えて、今の金さんて人が作られたのかも知れません」

お千の説明に、南無八が首をかしげて、

「けど姐さん、あっしもその金さんて人に会ってやすが、とてもそんなご身分の人にゃ見えやせんでしたよ。お屋敷でふん反りけえってりゃなんの苦労もねえってのに、なんだって町場へ出て、しかも人殺しなんぞに首を突っ込んだりするんですかねえ」

「さあ、捕物好きなんだって本人は言ってたけど」

「変わった野郎だなあ、気が知れねえや」

もし南無八ならぬくぬくと屋敷で暮らすだろうから、金次の行状は理解できない。

「してお千、肝心の尼僧殺しだが」

弥市の問いに、お千が答えて、

「それにはまず前段があるんです」

弥市と南無八がお千に注目した。

お千が金次から聞いた話をかい摘《つま》むと、こうである。

ひと月ほど前から、吉原土手《よしわらどて》に辻斬《つじぎ》りが横行し始め、それまでに三人の犠牲者が出ていた。金次はそれを捕まえてやろうと手ぐすねひき、何日も張り込んでいた。一人では手が足りないから、日頃より交わりを持っている浅草界隈《かいわい》のごろつきどもにも助っ人させることにした。

それらごろつきどもは、文字も書けなければ常識の持ち合わせもなく、世間から弾き出された落ちこぼれではあったが、金次に対しては俠気《おとこぎ》を示す忠実な手下であった。常日頃より、金次の男心に惚れた連中なのである。

するとある晩、宗十郎頭巾《そうじゅうろうずきん》の武士が編笠《あみがさ》茶屋の方から姿を現し、吉原土手へ向かってゆるりと歩きだした。逆方向からは吉原帰りの駕籠《かご》や客がやって来ている。その人通りが途絶えるのを待つかのように、武士は土手にぽつんとある地蔵堂《じぞうどう》の陰に身をひそめた。

奴こそ辻斬りの下手人に違いないと、金次は土手に身を伏せ、ごろつきの一人と共に武士の動きを見守った。

やがて吉原帰りの若いお店者風が現れた。ほかに歩いている人影はない。武士がやにわに地蔵堂から出て、抜刀してお店者に斬りつけた。提灯《ちょうちん》が真っ二つに切り裂かれ、お店者は悲鳴を挙げて逃げ惑う。

金次がとび出し、丸太ン棒で武士に襲いかかった。武士は白刃を兇暴に閃《ひらめ》かせて応戦するも、突如身をひるがえして逃げ去った。すかさず手下のごろつきがそれを追跡した。

翌日になって、そのごろつきから報告を受けた金次は少なからず驚いた。

武士は浅草から下谷新寺町通りへ入り、三味線堀《しゃみせんぼり》に隣接した出羽秋田藩《でわあきたはん》の上屋敷に姿を消したというのだ。秋田佐竹家《さたけけ》といえば二十万五千石の外様《とざま》の大藩である。そこの家中の者が辻斬りの下手人だというのか。

辻斬りの狙いの多くは、新刀試し斬りにほかならない。生きた人間を斬って刀の切れ味を試すものだ。

(秋田藩だろうがなんだろうが、辻斬りは許さねえ)

金次は怒りが突き上げ、それからごろつきどもを動員し、交替で秋田藩上屋敷を見張りつづけた。

また幾夜かあって、おなじ宗十郎頭巾の武士が上屋敷から姿を現し、その晩は吉原土手ではなく、下谷三筋町《みすじちょう》へ向かった。藩邸とは目と鼻の距離である。

しかしその晩、武士をつけたのは金次ではなく別のごろつきの一人だったから、手抜かりが生じた。

武士は三筋町の茶屋でお高祖頭巾《こそずきん》の女二人と会い、半刻(一時間)ほどで別れた。だがそのごろつきは誤った判断をして、怪しい女二人の行方《ゆくえ》を突きとめず、武士が上屋敷へ戻るのをまた尾行してしまったのだ。

武士が謎の女二人と会ったのはその夜限りで、それが五日前のことである。

金次はドジを踏んだごろつきを叱りとばし、四日前から秋田藩上屋敷に張りついていた。すると三日前、つまりお千と二度目に遭遇した日に動きがあって、武士は昼日中から上屋敷を出て浅草寺方面へ向かった。やはり頭巾で面体を隠している。

　武士が仁王門から東仲町へ行くのまではつけたのだが、そこで金次は相手を見失い、必死で辺りを探し廻ったが空しく、そうこうするうちに出合茶屋で人殺し騒ぎが起こった。

　それを金次は武士の仕業《しわざ》と思い、仁王門の方へ戻ろうとしてお千と再会したのである。そっちへ戻ろうとしたのは、武士を探すためであった。

「問題はその頭巾の武士だな」

　弥市が言い、お千はうなずいて、

「それだけじゃなくて、まだあるんです」

　娘は初め御殿勤めの女中に変装していて、鬘が取れて尼僧だとわかったのだが、衣装も貸衣装屋のもので、その屋号は大島屋だという。その割り出しはすでに南無八に頼んでいて、

「どう、わかった？　大島屋っての」

　お千が南無八に聞いた。

「へい、花川戸《はなかわど》にござんしたぜ」

「それじゃ、あたしが早速行ってみる」

「お千、わたしは何をやればよいかな」

弥市がお千に言った。

「手伝ってくれるんですか、弥市っつぁん」

「そのつもりでいるよ。だからこうして呼び出したのではないのか」

「ええ、まあ、そうなんですけどね、差し当たって弥市っつぁんにやって貰うことといったら……」

「秋田藩邸を見張るか。しかしなあ、わたしには役所があるから昼間は動けんのだよ」

「でえ丈夫ですぜ、村雨様。辻斬りは夜って決まってやすから」

南無八の言葉に、弥市がうなずき、

「わたしはその遠山大隅守殿という御仁に会ってみたいのだ。面白いではないか。そんな恵まれた身分なのに、下々のために身を挺《てい》して働くという心根が嬉しいな」

お千も得たりとなって、

「そうなんですよ、あたしもそこに男の心意気を感じたんです。今の世の中、そんなお武家さんいませんものね。弥市っつぁんは別ですけど」

弥市が照れ臭そうに微笑し、

「よし、ではわたしも力を貸すぞ」

「わかりました、よろしくお願いします」

「イヨッ」

頼まれもしないのに、南無八が三本締めをやった。

八

浅草花川戸の大島屋には、南無八が岡っ引きに化けて乗り込んだ。

お千はその後ろで、手先のような顔をしてしたがっている。鳶の身装というわけにはいかないから、地味な小袖を着てそこいらの町場女を装っている。

器用な南無八のことだから木製の十手をこさえ、それに銀紙を貼って本物らしく見せ、応対に出た中年の主に偽十手をチラつかせながら、

「おい、亭主、東仲町の出合茶屋の一件で来たんだけどよ」

岡っ引き伊左吉の真似をして、虚勢を張って言った。

主はとたんに困惑の表情になり、

「ああ、その件でございますか。うちと致しましても、とんだ迷惑を蒙《こうむ》って困っておりますよ」

と言った。

大島屋で借りた衣装が血染めになって返ってきて、そんなものは二度と使えないからすぐに廃棄したと主はいう。綸子総縫の衣装は元値が高かったのだ。

そこでお千が前へ出て、

「あたしたち、その着物を借りた人を探してましてね」

「探してるったって、おまえさん、その人は殺されたんじゃないんですか」

主がオズオズと問う。

「そうなんですけど、所や名前を知りたいんです」

ちょっとお待ちをと言い、主は帳場へ行って台帳を持って来てそれを忙しくめくり、

「おなじお問い合わせはお目付筋の方からもありましてね、お伝えしたとこなんですが。ええと、それによりますと……」

ようやく探し当て、そこを開いて見せた。

お千が手にして覗き込むと、

「下谷車坂　下野烏山藩家中《しもつけからすやまはんかちゅう》」

とだけ書いてあった。

「借りた人の名前がありませんね」

お千が訝《いぶか》って言う。

「藩の御方が借りる時はお名前はお尋ねしないことにしてるんです。いろいろと不都合があって、こちらもその辺を斟酌《しんしゃく》して差し上げるのが習いになってありましてな。遊里なんぞへ出掛ける折に、藩の方々が身装を変えたいのでうちを利用して下さいます。けど大抵は勤番の人が多くて、お女中は珍しいと思いました」

「どんな人でしたか」

「まだ年若い娘さんのようでしたが、何せお高祖頭巾を被っておりましたんで、定かなことは」

烏山藩家中の者とは真っ赤な嘘だ、とお千は思った。だがそこで糸はぷっつりなので、お千は南無八をうながして行きかけた。

するとそれまでのやりとりを柱の陰から聞いていた内儀が、遠慮がちに進み出て、

「あのう……お高祖頭巾のその人、着物を借りてった次の日に、あたし、たまたま見かけたんですけど」

「それはどこで」

お千が表情を引き締めて問うた。

「うちの法事がありましてね、その帰りに新寺町通りで。向こうは気づかずに、何やら思い詰めた顔で歩いて行かれたんです」

「そうですか……」

お千は考えに耽った。

金次の手下のごろつきが辻斬りの武士の後をつけ、謎の女二人と会ったのが下谷三筋町の茶屋であった。そしてこの台帳に書かれた烏山藩は下谷車坂だ。

いずれにしても、そこいら辺に土地勘があり、近隣に住んでいるものと思って間違いあるまい。尼僧は一人ではなくきっと仲間がいる。仲間というのはつまりはおなじ尼僧で、寺のひしめく下谷界隈で尼寺を探せば見つかるのではないかと、お千は睨みをつけた。

これだけ場所が限定されたのだから、干し草のなかから一本の針を探すよりはずっとましだと思った。

九

三味線堀の河岸沿いに、酒や蕎麦を売る屋台の店が幾つか出ていて、弥市はそのひとつに陣取り、蕎麦を啜《すす》っていた。

日が暮れて役所からまっすぐ来たので、黒羽織を着たいつもの小役人姿だ。ほかの屋台では付近の武家屋敷の中間《ちゅうげん》たちが酒を飲んでいる。しかし弥市は張り込みだから、そういうわけにはいかなかった。

堀の向こうには一万六千坪（約五万三千平方メートル）余の宏大な秋田藩上屋敷が望め、弥市のいるそこから海鼠塀《なまこべい》の横っ腹に、出入りのための潜り戸も見えている。

「なかなか一気にパッと咲かねえもんだな、父っつぁんよ」

いきなり近くで男の声が聞こえ、弥市が驚いた顔を上げると、金次がおなじ屋台に来て顔見知りらしい親爺に話しかけた。そうして金次は弥市の隣りの明《あき》樽《だる》に腰を掛ける。

「寒い日がつづいているもんですから、お桜様も尻込みしてるんじゃござんせんかね」

親爺が答えるのへ、金次は「違えねえや」と言い、弥市の蕎麦をひょいと覗いておなじものを注文した。

弥市はさり気なく金次の様子を見て、いなせを気取った無頼風の町人、というところから、

（もしや遠山家の御曹司《おんぞうし》では）

と思った。

しかし弥市はこういうところは世馴れてないから、気軽に話しかけることができないでいる。

金次の方も弥市をとっつき難いと思ったのか、あえて話しかけようとはせず、蕎麦を早食いしている。

ややあって、海鼠塀の潜り戸が開き、黒い影が出て来た。

弥市が緊張の目をやると、それは話に聞いた宗十郎頭巾の武士で、塀沿いに下谷七軒町の方へ足早に歩いて行く。

弥市が屋台に蕎麦代を置いて立ったのと、金次がおなじことをして立ち上がったのが同時だった。

一瞬、二人の視線が絡み合う。

「すまねえ、親爺、また来るぜ」

金次が親爺に断り、弥市と先を争うようにして武士を追った。

追いながら金次が弥市を咎めて、

「よっ、若えの、おめえさん何者だい」

小声で聞いた。

「あのう、もしや遠山殿では」

「なんだと」

二人は武士から目を放さず、あとを追いながらのやりとりだ。

「確かにおいら遠山だが、そっちの正体は」

「わたしは村雨弥市と申しまして、天文方の小役人なんです。実はお千の仲間でして、遠山殿のことは……」

「ほう、お千のな。けど仲間とは、どんな仲間なんだ」

「なんと申しますか、わかり易く言えば世直しの仲間です」

「おいおい、そんなことこのおれに言っちまっていいのかよ」

「はあ、まあ、ほかならぬ遠山殿ですから。それに悪いことをしているつもりはありませんので」

「だったらよ、その仲間においらも入れて貰おうかな」

「とんでもない、それは困ります」

「どうしてよ」

「身分に隔たりがあり過ぎます」

「身分をひけらかしたつもりはねえぜ」

「それでもいけません、困ります」

「あ、そうかい」

短いやりとりの間に、二人はなにがしかのたがいの感触をつかみ取っていた。

武士の姿が闇に呑まれたので、二人が歩を速めた。

すると暗がりから突如、ヒュッと白刃が鋭く閃いた。

二人が同時に跳び下がる。

隠れていた頭巾の武士が現れ、目に殺気をみなぎらせて迫って来た。尾行を知って待ち伏せ、反撃に出てきたのだ。よく見ればその目許はまだ若い男である。

「何しやがる、てめえの正体が辻斬りだってことはとっくにわかってるんだぞ。この先どれだけ人の血を流しゃ気が済むんでえ」

金次が吠えた。

武士はあくまで無言を押し通し、地を蹴って身を躍らせ、二人へ斬りつける。その切っ先鋭く、なかなか近づけない。

弥市がやむなく抜刀し、正眼に構えた。

武士も正眼に構えて弥市に対峙《たいじ》する。

双方が無言で睨み合った。

金次は身を引いて見守っている。

「とおっ」

頭巾の下のくぐもった声で、武士が斬りつけた。

弥市が応戦して白刃を白刃で弾き返し、大胆に踏み込んで刀をふり下ろした。

だが間一髪でそれを躱《かわ》し、武士が身をひるがえした。と思いきや、武士はさらなる攻撃に打って出た。猛然と弥市に突進し、烈しく白刃を闘わせる。

武士はかなりの使い手で、弥市は思わず圧倒された。武士が手を弛めず、ここを先途と斬りつける。

が——。

その背後から隙を見た金次がとびかかり、武士を羽交締《はがいじ》めにした。すかさず弥市が小手を打ち、武士の手から刀が落ちた。

金次は武士の躰を折ってねじ伏せ、乱暴に頭巾を剝《は》いだ。二十半ばの若い顔が現れる。

さらに金次が武士の腰から脇差をも抜き取り、また吠えた。

「やい、てめえ、名乗りやがれ。秋田藩じゃなんのお役を仰せつかってるんだ。それに辻斬りのわけを明かして貰おうじゃねえか」

武士は固く唇を引き結んでいる。何も言わぬ腹のようだ。

弥市が武士に覗き込み、

「黙んまりを通すつもりなら、このまま目付方へ連れて行きますぞ。貴殿の罪《ざい》業《ごう》は明白なんですからね」

「……」

「無駄ではありませんか、こんなことをつづけていても」

弥市の説得に対し、武士が顔を伏せたかと思うと、「うっ」と凄まじい呻き声を上げ、苦悶《くもん》の表情になった。

弥市と金次が唖然《あぜん》と見守るなかで、武士は口から大量の血を吐き、その場に崩れた。舌を噛んで自害したのだ。

「遠山殿……」

弥市が茫然《ぼうぜん》とつぶやいた。

金次は武士に屈んで喉元に手をやり、その死を確かめるや、深い溜息をついた。

「察するに、この男は並々ならぬ覚悟で辻斬りをやっていたようだな」

「確かに辻斬りはこ奴の仕業でしょうが、背後でそれをやらせていた奴がいるのではありませんか」

「そいつぁこれを見りゃわかるだろうぜ」

金次が武士の刀を手にし、その拵えと白刃に見入った。

「おい、たまげたな、弥市殿。この差料《さしりょう》は和泉守兼定《いずみのかみかねさだ》の名刀だぜ」

「ええっ」

弥市が驚嘆の声を上げる。それは武士なら誰もが知っている名刀工の名であった。

慶長年間《けいちょう》の初代兼定を始祖とし、代々受け継がれてきた和泉守兼定の一門は、その作刀技術の高さから、後に会津《あいづ》兼定とも称され、東北を中心に繁栄した名門である。

兼定作の特徴は肌もの上手《じょうず》といわれ、反りが浅く、姿が男っぽく、強靭《きょうじん》であることでも知られている。肌ものとは地肌、つまり刀身の側面のことで、鉄をよくよく吟味し、丹念に鍛練を積んだ末に地肌の美観を高め、強度を備えたものだ。価《あたい》にすればどの作もひと振り五百両は下らないといわれている。余談だが、新撰組副長土方歳三《しんせんぐみふくちょうひじかたとしぞう》の愛刀がこの和泉守兼定であった。

金次が武士の大刀と脇差を念入りに見比べる。

「大刀は間違いなく兼定だが、脇差の方は無銘だ。てえことは、恐らく辻斬り用のこいつはこんな下っ端のさむれえの持ちもんじゃあるめえ」

金次がギロリと弥市を見て、

「こいつぁおめえ、殿さんとか家老なんぞの偉え人の持ち物臭えぞ」

弥市が緊迫した表情になり、

「そんな上の連中となると些《いささ》か厄介ですね。表立って問い糾《ただ》すことなんてできないではありませんか」

「むろんだ、こっちの首が飛ぶよ」

「ではどうしますか、遠山殿」

「「こいつを使って影の黒幕を炙《あぶ》り出してやるのさ。そいつが辻斬りをやらせていた張本人だろう。この若いのを使って刀の切れ味を試させていたのさ」

「はあ、わたしもそう思いますよ」

「黒幕がわかったところで、大詰めの一手を考えようじゃねえか」

金次が大刀を黒漆《くろうるし》の鞘《さや》に納め、それにぐいっと見入った。

十

尼寺の数となると極端に少なく、何百という寺社がひしめく下谷界隈でもわずか数寺しかない。

しかしそのなかから秋田藩の辻斬りとなんらかの接触を持ち、揚句《あげく》に尼僧が一人殺された寺を探すとなるとなかなか困難で、お千は途方に暮れた。

だが共に探索につき合っている南無八のひと言から、光明を見出すことができた。

下谷新寺町通りにある飯屋で、どんぶり飯を食い終えた南無八がこう言いだしたのである。

「尼さんが一人消えた寺を探すってのはわかりやすすが、ほかの連中は変に思わねえんですかね、ねずみの姐さん」

「やめとくれよ、そのねずみをつけるのは。師匠に悪いし、あたしだってあんまりいい気持ちはしないじゃないか」

「へえ、すんません」

「ちょっと待って、そのほかの連中とは」

「一緒の寺にいるほかの尼さんたちのことですよ」

「そりゃ当然変に思うだろうけど……」

「騒がねえの、おかしいでしょ」

「うん」

「寺の者に聞いたって埒《らち》が明きやせんね、けど出入りの人なら」

「出入りって？」

「魚屋や青物屋のこってすよ。尼さんたちだって飯は作らなくちゃいけねえんですから」

お千がキラッとなって、

「出入りの小商いを探すってんだね」

「へえ」

「一丁手分けしてやってみようか」

「そうしやしょう」

「あんた、時々いいこと言うわね」

「このあっしこそ、姐さんにゃなくちゃならねえ人だと思ってやすんで」

「博奕《ばくち》さえやらなきゃいい助っ人なのにね」

「ああ、恋しいなあ、賭場が」

「手柄を立てたら軍資金を廻すからさ」

「へへ、そうこなくっちゃいけねえや。とたんにやる気が出てきたぞ」

南無八が崩れ豆腐の顔を笑わせた。

それが午前の話で、二人は探索にまた別々になった。

十一

お千は昼下りの下谷界隈を行ったり来たりし、途中で足を止めて五分咲きの桜を溜息混じりに眺め、こうしちゃいらんないとまた次の尼寺へ向かった。

南無八の言うようなわけにはゆかず、町場でしょっちゅう見かける魚屋や青物屋の姿はここでは滅多に見かけない。歩いているのは武家か寺の関係者ばかりである。

そうしてなかなか収穫が得られぬままに、幡随院《ばんずいいん》の近くまで来た。門前に茶店があったので、そこでひと休みしていると、前を通りかかった父っつぁんが目に留まった。それは着物の裾をからげ、六尺棒を携《たずさ》えた辻番の番人だ。

何かに引き寄せられるようにし、お千はその父っつぁんを追った。

幡随院の南隣りに竜谷寺《りゅうこくじ》という大きな寺があり、その前の下谷辻番屋敷へ父っつぁんは向かっている。そこはほかの辻番より大きな造りである。

町場に自身番がある如く、こうした屋敷町にはかならず辻番というものがある。悶着《もんちゃく》などが起きた時、辻番の受持ちはあくまで武家だが、町人をも取締まることができる。しかし辻番に処分する権限はなく、町人は町奉行所に、武家はその属する藩や目付方などに引き渡すことになっている。辻番を運営しているのはお上ではなく、付近の武家屋敷の何家かが金を出し合っているのだ。

「あの、すみません」

お千が父っつぁんを呼び止めた。

ふり返った父っつぁんはいかにもの好々爺《こうこうや》で、目尻の皺《しわ》が親しみやすさを感じさせ、苦労人らしい様子が窺《うかが》える。

「どうしなすった、ここいらで見かけねえ別嬪さんじゃねえか。抹香臭《まっこうくせ》え寺町が似合わねえぜ」

父っつぁんが砕けた言い方をしてくれたので、お千はこれなら話がしやすいと思い、

「少しばかりお尋ねしたいことが」

「どんなこった」

「ここじゃなんでございますよ」

「だったらなかにへえるか」

「いえ、番所のなかなんて怖ろしくって」

「わかった」

父っつぁんはお千をうながして少し行き、桜の木の下に置かれた床几に座った。

お千が恐縮してその横に掛ける。

父っつぁんは腰に提《さ》げた煙草入《たばこい》れから煙管《きせる》を抜き取り、葉を詰めて煙草に火をつけている。

「もうじき満開ですねえ、桜」

お千が桜を仰ぎ見ながら言う。

「ここいら桜が多くってな、人が大勢来るから目の廻るような忙しさになるんだよ」

「さいで」

「用件を言いなせえ」

「尼寺のことを調べてるんです」

「おめえさん、お上の人か」

「へえ、ちょいと町方のお手伝いを」

お千がすらすらと出任せを言う。

「なんてえ寺だね」

「それがわからなくって……」

「それじゃ話ンならねえじゃねえか」

「でもひとつだけわかってることが」

「どんなこった」

「尼さんが一人いなくなった寺なんです」

「……」

「お心当たり、ありませんか」

「もしかして、あそこのことかな」

お千が身を乗り出す。

父っつぁんは紫煙を燻《くゆ》らせながら、

「このちょい先によ、極月院《ごくげついん》てえ小せえ尼寺があるのさ。庵主《あんじゅ》は雲海尼《うんかいに》といって、そりゃよくできた御方なんだが……」

そこで口を濁した。

「その庵主様が何か」

「いや、庵主様に問題はなくてよ、そこにいる三人の尼さんがな、ちょいと……三人は春泥《しゅんでい》、鳳仙《ほうせん》、白秋《はくしゅう》というんだが、そのうちの白秋尼ってのがこの間から姿を見せなくなっちまったのさ」

「いつのことですか、それは」

「この数日前で、まだ桜が蕾《つぼみ》だったぜ」

（これは当たりじゃないかしら）

お千はそう思い、胸躍らせた。

「その三人の尼さんって、日頃はどんな人たちでしたか」

「大きな声じゃ言えねえがよ」

「小さい声で言って下さい」

「つまり寺でこいつを、ひそかにご開帳するんだよ」

父っつぁんが壺《つぼ》をふる手真似をして、博奕を表した。

「えっ、だって庵主様がそんなこと許すわけが」

「庵主がいねえ時にやるのさ。なんでも品川宿《しながわじゅく》の方に極月院の本家みてえのがあって、雲海様は月に一度はかならずそっちへ泊まりがけで行くことになってるんだ」

「すると月に一度のご開帳ですか」

「そうだ。それだけにさほど目立たねえし、前はこの近くの中間どもが客だったけどよ、近頃じゃそれを面白がって遠くからも人が集まって来るらしいぜ。そりゃおめえ、若え尼さんが胴元なんて、結構じゃねえか。だから寺銭《てらせん》の上がりは増えてるんじゃねえかな」

「それがわかってて、取締まらないんですか」

「嫌なこった、お寺社方に手え出すと面倒でいけねえ。おれなんざ叱られた揚句に職を失っちまうよ」

「次のご開帳はいつなんでしょう」

「こうっと、先月も確か今頃だったよなあ」

お千はわくわくとしてきて、父っつぁんに向かって拝みたい気持ちになった。

それで善は急げだから、父っつぁんに極月院を聞いて、お千はその足で見に行った。

父っつぁんが言う通りに極月院は小さな寺で、山門は固く閉じられており、人がいるのかいないのかカタとも音がしない。土塀の向こうに見える庭木などは手入れが行き届いているようだから、それほどの貧乏寺とも思えなかった。

（ここがわかっただけでも上首尾《じょうしゅび》だわ。白秋って尼さんこそが、きっと出合茶屋で殺されたお女中なのよ）

いつまでも門前に立っていて怪しまれてはいけないから、お千はひらりと身をひるがえして立ち去った。

すると潜り戸が細目に開き、一人の尼僧が顔を覗かせてお千の後ろ姿を見送った。

それは春泥尼で、もう一人の鳳仙尼も姿を現して顔を寄せ、

「あれは誰かしら」

「うるさい蠅《はえ》だわ」

「もっと近づいて来たら取り除きましょう」

「そうね。わたしたちで身を護《まも》らないと」

「白秋みたいな目には遭いたくないわ」

鳳仙の言葉に、春泥がうなずいた。

二人ともよく似た顔立ちで二十半ばか、鼻筋の通った美形であった。

十二

翌日の晩である。

金次の招きで、浅草材木町《ざいもくちょう》の料理屋に集まることになった。

お千が南無八を伴って行ってみると、金次と弥市が先に来ていて、二人はうち解けた様子で談笑していた。

「おや、お二人さん、もうお知り合いになってたんですか」

お千が座るなり言った。

二人が見交わし合い、秋田藩の上屋敷を見張っていたら自然のなりゆきでこうなったのだと、金次が説明する。

間もなくして仲居や女中が賑やかに入って来て、酒料理が並べられた。女たちが皆金次へにこやかに挨拶するから、彼はかなりの上客と思われた。

話を中断し、四人はまずは料理に舌鼓《したつづみ》を打つ。

新鮮な刺身や鯉《こい》の洗い、筍《しゅん》などの旬のものの煮つけなど、ふだん口にできないものばかりなので、こんな豪勢な料理を食わせてくれるのは金さんしかいない、一生おそばに置いて下さいと南無八が言い、一同を笑わせた。

金次がぐびりと盃を干すや、秋田藩上屋敷の見張りの件に話を戻し、辻斬りの武士が姿を現したので、弥市と二人で尾行するとやおら襲われたことを明かした。

「それで、どうなりましたか」

お千が箸《はし》の手をとめ、二人に問うた。

それには金次が答えて、

「大層な剣の使い手だったがな、二人してなんとか取り押さえたよ。ところがそいつぁ舌を嚙んで自害しちまったのさ」

「ええっ」

お千が青褪《あおざ》めて、

「それじゃ、また手掛かりはぷっつりなんですか」

「いや、調べ廻った揚句、辻斬りの名と身分が判明したよ」

弥市が言い、今日の朝になって再び藩邸の近くへ行き、秋田藩の中間に銭をやって聞きだしたのだと説明をした上で、

「自害した武士は山中源吾《やまなかげんご》といい、江戸詰になって二年の軽輩の士《さむらい》であった」

秋田佐竹家には独特の家格付けがあって、上から一門、引渡《ひきわたし》、廻座、一騎、駄輩、不肖、近進、近進並の八段階に分かれており、山中の身分は扶持米《ふちまい》三十石以下の駄輩に属するものであった。だが身分は低くとも、山中は天流《てんりゅう》という剣術の皆伝《かいでん》の腕前で、家中では上位に入る使い手だったという。

弥市がつづける。

「さらにわかったことは、山中には近々出世の噂が流れており、駄輩から一騎へと格上げされるという。わたしには諸藩の仕組はよくわからんが、秋田藩で一騎といえば奉行職に就けるらしいぞ」

「その出世の餌《えさ》が辻斬りだったんですね」

お千が言い、弥市がうなずいて、

「山中を国表から呼び寄せたのは江戸家老の大和田儀兵衛《おおわだぎへえ》という男で、この者に山中は可愛がられていたという話だ」

「じゃ、その江戸家老が辻斬りをやらせてたんでしょうか」

お千の問いに、金次が慎重な目を向けて、

「それが一番わかり易い筋書だが、辻斬りってな、殿様がやらせるのが多いんだ」

「ご藩主は江戸にいるんですかね」

　これは南無八だ。

　金次が苦々しいような目でうなずき、

「それがいるんだよ。参勤交替《さんきんこうたい》で先月からこっちだ。難しいんだよなあ、そうなるってえと。第十代秋田藩主、佐竹右京太夫義厚《うきょうだゆうよしひろ》様にいってえ誰が訊問するってえんだ。大目付様かご老中《ろうじゅう》でなきゃ手は出せめえ」

　お千がキッとなり、膝を進めて、

「だからって、この件をうやむやにするわけには。殿様なら何をやっても罷《まか》り通るってことになっちまいますよ。そんなのこのあたしが許しませんね。なんの罪もないのに斬り殺された人たちの無念はどうするんですか」

　怒りを浮かべるお千を、金次は持て余しながら、

「ま、まあ、待ちな、お千。まだ殿様が下手人と決まったわけじゃねえんだ。おめえはどうしてそうすぐに熱くなるんだよ」

「だって……」

「その辺をよ、こいつと組んでもう一遍調べてみらあ」

　金次が弥市にうながして言った。

弥市も承知して、

「辻斬りを下命したのが家老か、殿様か、それさえわかればこっちのものだよ、お千」

「どうするつもりなんですか、それがはっきりしたら」

「わかってるだろう」

弥市が含んだ目でお千に言う。

「えっ、まさか」

お千は金次を憚り、目を慌てさせて、

「そりゃちょっとマズいですよ、今度ばかりは」

闇討はできませんよと、お千が弥市に目顔で言う。

弥市はうす笑いで、

「そいつはな、遠山殿ともう話ができてるんだ」

金次が割って入り、

「お千、何もかも聞いたぜ、こいつが今までやってきた世直しの闇討のことをよ。そこまでおれを信用して腹割ってくれたんだ。いいなあ、この男は。おれぁ弥市殿とはもう昵懇《じっこん》の間柄ンなっちまったぜ」

「ンまあ……」

お千は唖然としたように弥市を見た。

昨日今日知り合ったばかりの金次に、なぜ弥市はいとも簡単にこれまでひそかに行ってきた闇討の件を話したのか、お千は理解できない思いがした。それとも男と男というものは、瞬時にしてたがいをわかり合えることができるのだろうか。女の生理にはないものだった。

するとお南無八が声を裏返して、

「姐さん、闇討ってなんのこってすね。あっしぁなんにも聞かされてねえんですけど。この村雨様がそんな悪いことをしてたんですかい」

「あんたは黙ってて。あとで説明するから」

「へい」

「金さんと話ができてるって言いましたね、弥市っつぁん。それじゃどっちかをバッサリとやるつもりなんですか」

お千が二人を交互に見ながら言うと、弥市は金次と見交わし合って、

「うやむやにはせぬぞという気持ちは、おまえとおなじだよ」

「はあっ……やるんですかあ」

お千が大きく溜息をつき、

「あたし、こんな大掛かりな事件になるとは思ってなかったんで、正直どうしていいか。頭ンなか混乱しちまって、闇討がいいのか悪いのかわかんなくなりました」

「それはさておき、尼さんの方はどうでえ」

金次に話を向けられ、お千は一瞬ポカンとし、急に慌てたように、

「あ、あたしの方は上首尾だったんです。尼寺が割れました。それでこれから……」

「これから、どうする」

「とっちめてやろうかと」

十三

夜も更けて――。

極月院の山門横の潜り戸から、商人や職人の男たちが十人近くぞろぞろと、だが辺りを憚りながら出て来た。博奕が終わったのだ。

春泥が見送りに出て、

「それでは皆様方、よろしかったらまた来月も」

「面白かったよ、春泥さん。きっとまた寄せて貰うからね」

商人が言えば、職人はもの欲しそうな目で春泥の肢体を眺めて、

「春泥さん、一度外でゆっくり会わねえか。うめえもんご馳走するぜ」

「いいえ、残念ですけど外でのおつき合いは控えさせて頂きます。御仏《みほとけ》にお仕えする身ですので」

「御仏ったって、博奕はいいのかよ」

不満そうに職人が言う。

「寺銭はお寺の修繕に当てるのです。わかって下さいまし。檀家《だんか》の少ない寺はこうでもしないと」

「いいよいいよ、あたしたちゃ気にしてないから」

商人が言って職人をなだめ、一同が夜道を去って行った。

春泥は潜り戸のなかへ入り、玄関から上がって廊下を行き、本堂へやって来た。

そこでは鳳仙が盆の片づけをしていた。

「今日は疲れたわねえ」

春泥が言うと、鳳仙も同感で、

「もうくたくただわ、月を重ねるごとに客が増えるんだもの」

「商売繁昌は結構だけど、あまり評判になっても困るわ」

鳳仙は客の飲み残しの酒に口をつけ、

「春泥さん、わかったのよ、白秋さんを殺した侍の正体」

「えっ、どうしてわかったの」

「変な話を耳にしたの」

「どんな」

「この近くの秋田藩の侍が自害してね、それにはいろんな噂が飛び交っていて、聞いているうちにわたしピンときたのよ。死に方が尋常じゃなかったし、その侍、藩邸の外で死んだんだけど、差料を持っていなかったっていうの」

「わたしたちが見た辻斬り、その人だというのね」

鳳仙がうなずき、

「何があって自害したのか知らないけど、わたしたちが見た時は黒漆鞘の立派な刀を差していたわ。それが吉原土手の近くで辻斬りを働いたのよ。数少ない檀家のご主人がわたしたちにご馳走してくれて、そんなことがなかったらあんな所へは行かなかった」

「そうよ。辻斬りを見てすぐわたしと鳳仙さんとで後を追いかけて、百両の金《きん》子《す》をふっかけたのよ。そうしたらあいつが払うと言ったから。でも元々そんな気はなかったのね」

「気の毒だわ、白秋さん。わたしたちの身代りになったようなものでしょ。東仲町の出合茶屋へ行かさなければよかった」

　春泥もいつしか残り酒を飲んでいて、

「でも辻斬りの侍、どこの誰ともわからなかったから、それ以上つかみようがなかった。鳳仙さん、危ないからもうゆすりはやめましょうね」

「ええ、月に一度の賭場の上がりで我慢しないと」

　この二人、どこか浮世離れしていて、悪事を悪事とも思っていないようだ。

「でも折角百両ゆすり取って、わたしたちだけでどこかよそへ行って、贅沢三昧《ぜいたくざんまい》の暮らしをしたかったのに」

「白秋さんもおなじ気持ちになって、鬘や貸衣装を借りて張り切っていたのにねえ」

「いいわ、賭場の上がりを蓄め込んでよその尼寺を買いましょうよ。戒律ばかり厳しい雲海様の顔はもう見たくないわ」

「庵主様はどっちがやるの」

「それは鳳仙さんよ、わたしより年が一つ上なんだから」

「まあ、そんな時だけ」

女二人がクスクスと忍び笑いをした。

そして春泥がテラ箱を探して見廻し、

「さてと、今日の上がりは……鳳仙さん、テラ箱はどこ？」

「えっ、さっきその辺に」

二人で探すが、テラ箱は見つからない。

「変だわ、つい今しがたまであったのよ」

春泥が疑惑の目で鳳仙を見ていて、

「鳳仙さん、どこへ隠したの」

「わたしを疑ってるの」

「だってほかに……三十両近い金子があったはずよ」

「ひどいわ、わたしが盗んだなんて」

「この泥棒、返しなさいよ」

春泥が逆上し、鳳仙の胸ぐらを取った。

鳳仙も負けてなく、春泥をはね返して、

「いい加減になさい、あなたは心根が卑《いや》しいわ」

「なんですって」

春泥がつかみかかり、鳳仙と揉み合った。ひっ掻かれた鳳仙が金切り声を上げる。

そこへテラ箱がどこからか放られ、床に派手な音を立てて小判が散乱した。

二人が驚愕《きょうがく》の目をやると、大柱の陰から盗《ぬす》っ人装束《としょうぞく》のお千が現れた。

「どなたですか」

鳳仙が顔を青くして言った。

「話は聞かせて貰ったよ。おまえさんたち、醜い争いはよしにしな。尼さんのくせに賭場をご開帳とは恐れ入ったね。おまけに辻斬り侍をゆするとはいい度胸してるよ。けどそのゆすりさえやらなきゃ、もう一人の尼さん死ななくて済んだんじゃないか。御仏に仕える身が聞いて呆れるよ」

「わ、わたしたちをどうするつもりですか。お寺社方へ突き出すんですか」

春泥が必死の形相《ぎょうそう》で言う。

「うん、そうするしかないみたい。だって懲《こ》りそうもないでしょ、あんた方。百両ゆすって贅沢三昧しようなんて、尼さんの考えるこっちゃないわよ」

「どうかそれだけは、見逃して下さい」

春泥が取り縋《すが》ると見せかけ、お千の隙を見て組みついた。鳳仙もとっさに便乗して襲いかかる。

「ああっ」

だが叫んだのは春泥で、次に鳳仙も悲鳴を上げた。

二人ともお千に殴りとばされたのだ。

「南無八、頼むよ」

お千が声を掛けると、本尊の陰から南無八が現れ、二人に駆け寄って縄を打った。

「姐さん、このお二人さん、あっしらがお寺社方へ連れてくんですかい。ちょっとマズいんじゃないんですか、いろいろ聞かれたら」

「あたしが今から罪状を書くからね、それを貼っつけてお寺社の門前に括《くく》っとくんだよ」

「ああ、それなら」

お千が紙と筆を取り出し、さらさらと二人の罪状を書き始めた。

「あ、あのう、おまえ様はいったい……どうしてこんなことを」

恐る恐る鳳仙が言った。

「世直しさ。悪い奴はこのあたしが見逃さないの。あとはお上の裁きに任せましょ。いいわね？」

春泥と鳳仙が言葉もなく、うなだれた。

十四

深川永代寺門前仲町《えいたいじもんぜんなかちょう》にある格式の高い料理茶屋で、秋田藩江戸家老の大和田儀兵衛は独りで酒を飲んでいた。

桜も散り始め、春宵《しゅんしょう》のその日は寒さもやわらいで温かった。

姑息《こそく》な針鼠《はりねずみ》のような顔をした大和田は、贔屓《ひいき》にしている辰巳《たつみ》芸者が来るのを待っているのだ。

それがなかなか来ず、大和田が少しジレてきたところへ、足音が聞こえてきた。

大和田がホッと表情を和《なご》ませ、期待の目になる。

だがガラッと障子を開けて入って来たのは金次だった。その手に金糸銀糸の布に包まれた刀剣を携えている。

いつものいなせな町人姿ではなく、今宵の金次は黒の着流しに佩刀《はいとう》したおしのびの旗本の身装だ。

「な、何奴だ、その方」

大和田が色を変えて身構えた。

金次は何も言わず、不作法に布袋からひとふりの黒漆鞘の刀を取り出し、それを大和田の前に置いて、

「これは誰の差料か、ご貴殿に問いたい」

「なっ……」

大和田が目を慌てさせ、絶句した。

「この和泉守兼定は数多《あまた》の血を吸っている。辻斬りに利用され、罪のない町人が無慈悲に斬り殺されたのだ。辻斬りを行ったのは駄輩の山中源吾、兼定の切れ味を試したく、それをやらせたのはご貴殿か」

「違う、わしではない」

「では、ご藩主義厚殿なのか」

「それは……」

「確《しか》とご返答願いたい」

「……」

「ご家老、これは由々《ゆゆ》しき大事なのですぞ」

「わしの口からそれを言わせるつもりか。何をされようと、それだけは言えぬぞ」

大和田が突っぱねた。

だがその言葉には含みがあり、暗に藩主が下手人だと言っている。

大和田の目の奥には老獪《ろうかい》な影が漂い、主君を庇《かば》う忠義者の顔になっている。

「あえて、そこをお聞かせ願いたい」

「その方が何者か、あえて問うまい。しかし武士ならばわかろうはずじゃ。いや、わかってくれい」

「……」

「この通りじゃ」

大和田がその場に両手を突いた。

金次は大和田の態度を凝視していたが、

「お手を上げられよ」

「わかってくれたのか」

大和田がそろりと顔を上げ、金次の表情を盗み見た。

「この件、これまで_でござるな」

「すまぬ」

「刀はお返し致すが、されど二度と辻斬りなどなされぬよう、ご貴殿にお諫《いさ》め願いたい」

「相わかった」

金次が席を立った。

大和田がその背に、

「武士の情け、痛み入る」

「なんの」

金次が障子を開けると、そこにお千が立っていた。地味な小袖を着た町場女の姿だ。

「お千、何しに来やがった……」

「甘いんですよ」

　お千が言って金次を押しのけ、大和田の前に座った。

「おまえさん、ご自分のしでかしたこと、殿様に罪をおっ被せてそれでいいと思ってるんですか」

「な、何を申すか」

　大和田の顔から血の気が引いた。烈しく狼狽《ろうばい》している。

「調べはついてるんですよ。神田連雀町《かんだれんじゃくちょう》の刀剣屋から和泉守兼定を買ったのはおまえさんじゃありませんか。秋田の殿様はなんにも知らないはずですよ。殿様のせいにしちまえば誰も手を出せないから、事を闇から闇に葬《ほうむ》ろうって魂胆《こんたん》だ。そいつぁたった今この場でおまえさんが考えついた嘘っ八ですね。でも天の神様は見逃しちゃくれないんですよ」

「……」

「さあ、おのれの身の決着はご自分でつけて下さいな。ご大藩のご家老らしいやり方ってあるでしょう」

　言い捨て、お千が身をひるがえした。

戸口に突っ立っていた金次がそのあとを追って、廊下でお千を捕まえ、

「待て、お千、女のおめえにゃわかるめえがな、武士の情けってのがあるんだぞ。あれほどの人が手を突いたんじゃねえか」

「手を突いただけで罪が消えるんなら誰だってそうしますよね。あのご家老、自分のやったことに顔を背けてますよ。うまいこと金さんを騙《だま》くらかしたと、北叟笑《ほくそえ》んでいたはずだわ」

「お、おめえ、そこまで言うか」

「甘いんです、金さんは。武士に情けなんかないんですよ」

「だからわからねえんだ、おめえにゃ」

「よっくわかってますよ。辻斬りで何人もの人が殺されたのは本当なんですからね」

「やい、お千、気に入らねえぞ。話をすり変えるんじゃねえ」

「こっちだって気に入りませんね。お侍さんならまっとうな意地を見せて下さい」

「よし、もうおめえとは縁切りだ」

「結構ですよ。所詮《しょせん》人と人は一期一会《いちごいちえ》なんですから」

お千が金次を放って行きかけた。

その時、大和田のいた座敷から騒ぎが聞こえてきた。ご家老様がお腹を、と言う女中の声がする。大和田が切腹したようだ。

サッと表情を凍りつかせ、お千と金次が視線をぶつからせた。

何か言いかける金次を目で刺し、お千は無言のまま、その背に怒りをみなぎらせて立ち去った。もう取りつく島はなかった。

金次は忸怩《じくじ》たる思いで立ち尽くした。

金次の失敗は、お千を怒らせてしまったことだった。

第三話　ねずみの亡霊

一

　品川宿は日本橋から二里の距離にあり、東海道の第一宿で、板橋《いたばし》、千住《せんじゅ》、内《ない》藤新宿《とうしんじゅく》と並ぶ江戸四宿《ししゅく》のひとつである。

　その繁栄は街道一といわれ、目黒川《めぐろがわ》を境にして南品川、北品川の両宿に分かれている。

　この地は飯盛女《めしもりおんな》が多く、板橋、千住がそれぞれ百五十人に対し、品川は二百人である。

　しかしこれはあくまで表向きの数だから、実際はその倍以上と思われる。女の需要があるということは、それだけ経済が盛んだということだ。

　さらに旅籠《はたご》が抱える飯盛女、岡場所の女郎衆とは別に、品川独特の蔭見世《かげみせ》というものがある。

蔭見世とは見世の体裁を持たず、したがって屋号も何もないただの町家を装いながら、ひそかに春を売る見世のことをいう。

南品川で蔭見世を営む卯兵衛《うへえ》の所は裏通りにひっそりとあり、卯兵衛とお杉《すぎ》夫婦が一階に住み、二階の三部屋を二人の私娼に提供している。

夫婦は共に初老で、以前は大森《おおもり》で海苔《のり》を作っていたのだが、商売敵が多くて食いっぱぐれ、それでこの地に一軒買い、数年前から蔭見世を始めたものだ。

私娼たちはお清《きよ》とお吉《きち》で、どちらも通いである。

お清は二十三になり、亭主持ちで幼い子を三人も抱えている。浜川《はまかわ》という漁師町から通って来て、漁師の亭主が漁に出て大怪我《おおけが》をして歩けなくなり、実入りがなくなって彼女は売女となった。育ち盛りを食わせなくてはならないから、亭主も女房が春をひさぐことは納得づくなのである。

お清の器量は並で、格別美人というのではないが、働き者で健気《けなげ》な気性が顔に出て、時に清楚《せいそ》な色気を垣間《かいま》見せ、好事家《こうずか》たちの好き心を満足させている。裸にすると雪のように真っ白な肌は、すこぶる煽情的《せんじようてき》なのである。

もう一人のお吉は三十近くになるが独り身で、高輪《たかなわ》の方から通って来ている。以前は芝神明《しばしんめい》の大店《おおだな》に奉公していたと卯兵衛夫婦には言っているが、本当のところはわからない。

しかし客が言うには、お吉は床上手《とこじょうず》ということで性技に長《た》けているらしく、お吉の方が人気があって、お清より客も稼ぎも多いのである。派手な顔立ちに自信があるのか、お吉はあまり化粧をせず、それが客の分け隔てをしないで交尾に励むのだ。売笑《ばいしょう》を天職と心得ているようなところがあるので、これは客にはたまらないのである。

端午《たんご》の節句の終わったある日、一人の男が格子戸《こうしど》を開けて卯兵衛の家へ入って来た。

武士ではなく、四十過ぎと思われる中年の町人である。

男は菅笠《すげがさ》、肥後木綿《ひごもめん》の半合羽《はんがっぱ》、股引《ももひき》、脚絆《きゃはん》に草鞋《わらじば》履き、着物の裾《すそ》を端折《はしょ》って足運びを楽にしている。道中差《どうちゅうざし》にふり分け荷物を肩に担いだ旅人姿で、それが笠を取ると馬面《うまづら》で目の垂れたのどかな顔が現れた。人をつい油断させる面立ちである。宿場だけにこんな旅人は毎日往来していた。

客の応対を卯兵衛は苦手なので、お杉が当たることになっている。

「へい、お出でなさいまし」

愛想よくお杉が言って畏《かしこ》まると、男は柔和な笑みで、

「これ、見せておくれ」

小指を立てて言った。

昼下りのその時は客がいなかったから、お杉が奥へ行ってお清とお吉を連れて来た。

男は笑みを絶やさぬまま、二人の女を品定めしていたが、お清を指して、

「この人にしよう」

お杉が「承知しました」と答え、お清を残してお吉を退《さが》らせ、値段や決まりなどを言っていると、

「三、四日泊まりたいんだけどね」

男が言った。

「三、四日ですか」

「うむ、頼むよ」

「そりゃようござんすけど、この子は通いですんで夜は帰っちまいますよ。もう一人もそうでして、うちみたいな所の子はみんな通いなんです」

「あたしゃ独り寝ってことかい」

「へえ」

それでもいいと男は言い、二分ほどを過分にお杉につかませ、お清の案内で二階へ上がって行った。

こんな金払いのいい上客は滅多にいないから、お杉はほくほく顔で引っ込み、卯兵衛に男のことを報告した。

だが卯兵衛は疑わしい顔になって、

「なんぞ悪いことでもして逃げてる奴かも知れねえぞ」

気をつけろよ、と言った。

卯兵衛というのは、なかなか客を信用しない男なのである。

すると一緒にいたお吉までが、

「あの人、商家の旦那にも見えないし、堅気《かたぎ》じゃないかも知れないよ。金払いがいいってことはさ、自分で汗して働いた金じゃないんじゃない」

僻《ひが》みっぽいような目で言った。

男がお清を選んだことが面白くないようだ。

男が旅装を解く間、お清は布団を敷いていた。

「ああ、いいんだよ、すぐにどうこうするわけじゃない。それより腹が減ってるんだ。鰻《うなぎ》の蒲焼《かばやき》が食べたいね、あんた一緒にどうだい」

鰻の蒲焼は、天保の今から百年以上昔の元禄《げんろく》年間に上方《かみがた》で考案されたもので、現代とおなじに、鰻を生きたまま裂いて垂《た》れにつけて焼く調理法で、江戸では上方のやり方を手本としつつ、独自の蒲焼が生みだされた。上方では鰻を腹から裂くのに対し、江戸では背からで、また上方は蒸さないで焼くが、江戸は白焼きにしたものを蒸して蒲焼にした。垂れも上方は醤油に酒、江戸は醤油に味《み》醂《りん》と、対照的な違いがある。鰻は屋台ではなく、東西どちらも店構えの料理屋が多く、品川宿でもその例に漏れなかった。

鰻なんて何年も食べたことがないし、とっさにお清は子供たちに食べさせたくなって、

「それじゃ遠慮なく。でもあたし、大食いなんですよ」

半分残して持って帰ろうと思った。

「一向に構わないよ、蒲焼《かばやき》を二重にして貰えばいい」

男が鷹揚《おうよう》に言った。

「それじゃ、頼みに行ってきます」

お清が立って行きかけると、男が呼び止めた。

「お待ちよ。あんた、名前は」

「清と申します」

「あたしゃ次郎吉《じろきち》だ、よろしくね」

「次郎吉さんですね、はい」

いやらしいことを何もせず、さっぱりした次郎吉という男の気性に好感を持ち、お清は心からの笑みを見せた。

二

それから死ぬまでの四日間、次郎吉は卯兵衛の家に居つづけた。

その間、お清は買い占められた形になり、ほかの客を取る暇はなかった。

朝から卯兵衛の所へ来て、一日次郎吉の相手をし、夜の六つ半（七時）頃に浜川へ帰って行く。帰れば亭主の世話と子供たちが待っていて、お清は一日働きづめとなり、泥のように眠り込んだ。

だからやって来る客はすべてお吉が引き受けることになり、彼女が最初次郎吉に抱いていた僻みの気持ちは失せた。それどころか、次郎吉はお吉にも気遣いをみせてご馳走《ちそう》をしたりするから、お吉も「次郎吉さんはいい人だ」と言うようになった。

一日は長いから、ある時には次郎吉は卯兵衛を相手に将棋《しょうぎ》を指したりもした。初め疑っていた卯兵衛も、飾らぬ次郎吉の人柄に触れるうち、「悪い人じゃねえ」と言うようになっていた。

日に一度、次郎吉は道中差を腰に落としてかならず外出し、二刻（四時間）ほどして帰って来た。

お清がどこへ行っていたのかと聞くと、次郎吉は「品川寺《ほんせんじ》だよ」と言った。それは南品川にある古刹《こさつ》のことなのだ。

そんな所へ何をしに行くのかと思ったが、それ以上お清は聞けなかった。

四日の間で次郎吉がお清を抱いたのは一度だけで、彼の年を考えればごくふつうかと思われた。

次郎吉のものが馬並に大きかったので、それが入ってきた時には、お清は裂けるような痛みを感じて少しの間失神した。単に大きいだけでなく、次郎吉は女体の扱いも巧みだった。たった一度の媾《まぐわ》いだったが、そのあとお清は次郎吉がそばに来るだけで濡れた。

情交のあったあと、次郎吉は重大な話をお清にした。

「あたしのことどう思ってるね、お清さん」

「どうとは？」

「生業《なりわい》だよ」

「ああ、それは……見当もつきませんねえ」

「あたしはね、盗《ぬす》っ人《と》なんだよ」

「ええっ」

お清は思わずのけ反って、とっさに辺りを見廻した。そんな秘密を客から打ち明けられても困るだけで、お清は目の前がくらくらとなった。

「そんなこと、あたしみたいな女に言っていいんですか」

「あんたはとてもいい人だ、嘘がないね。きっと子供たちもいい子に育ってるんだろう」

亭主や子供のことは、とうに次郎吉に打ち明けてあった。

「次郎吉って盗っ人の名前、どっかで聞いたことないかね」

それならねずみ小僧次郎吉しかないが、お清は知らないと言っておいた。次郎吉の話に深く立ち入るつもりはなかった。

「去年の秋にさ、小塚原《こづかっぱら》で獄門《ごくもん》になったねずみ小僧次郎吉、それがこのあたしなんだよ」

「えっ、あの、そんな……」

お清は胸の動悸《どうき》がしてきて、

「獄門にされた次郎吉さんが、どうしてこんな所に」

「あれは身代りさね」

なんでもないことのように次郎吉が言う。

驚きで、お清が小さな悲鳴を漏《も》らした。

そんなお清の反応を、次郎吉は愉《たの》しむようにしながら、

「ずっとご府内に隠れていたんだけど、だんだんヤバくなってきてね、それで逃げる算段をしているとこなんだ」

「品川寺へ行くのはそのためなんですか」

「察しがいいね、その通りさ。世の中はうまくできていて、ヤバい身の上の人を逃がしてくれる稼業があるんだよ」

そう言われても、お清はどう答えていいかわからずに困惑している。

「次郎吉さん、もうそれ以上言わないで下さいよ。あたし、どうしていいかわ

からなくなりますんで」

「そうだね、そうだった。ご免よ」

それきり次郎吉はその話には触れなくなった。

四日目となり、次郎吉はいつものように品川寺へ出掛け、そのまま帰って来なかった。

卯兵衛の家では皆が次郎吉のことを案じたが、そのうち立てつづけに客が来て、お清は次郎吉以来久しぶりに違う客に抱かれた。お吉にも客がついて、家は忙しくなり、暫《しば》し次郎吉のことは忘れられた。

日が暮れても次郎吉が帰って来ないから、お清は家へ帰ることにし、その途中、ふと思い立って品川寺へ寄ってみた。

広い境内《けいだい》は人っ子一人いなかった。

蝙蝠《こうもり》が飛び交っていて気味が悪いので、お清は寺の奥まで行かずに立ち去ろうとした。

その時、雑草の生い繁った向こうで、人のうごめくような気配がした。

悪い予感がして、そのまま立ち去るわけにはゆかなくなった。もし次郎吉が怪我でもして倒れていたら、自分は不人情な女になってしまう。人を見捨てるのは嫌いだった。

気配のした方へ恐る恐る近づいて行くと、草むらで黒い影が抜き身の道中差を手に這《は》いずり廻っていた。声を掛けるのも憚《はばか》られ、それでもお清がそっと覗《のぞ》き見ると、青い月明りが次郎吉の顔を照らしだした。

「次郎吉さん」

駆け寄って次郎吉に触れたお清が、「ひいっ」と小さな叫び声を上げた。

次郎吉の衣服はぐっしょりと血にまみれていたのだ。腹の辺りの出血が特にひどかった。恐らく刺されたらしく、次郎吉が白刃を持っているところを見ると、ひと悶着《もんちゃく》あったようだった。

「お清さんかね、来てくれたのかね」

すぐそばなのに次郎吉の声はかすれて、遠くからのように聞こえた。

「どうしました、何があったんですか」

「騙《だま》されたよ」

「ええっ」

「ひどい奴らだ、この怨《うら》み晴らさでおくものか」

死期が迫っているのか、次郎吉の目は空ろに宙をさまよっている。

お清が勇気をふるって聞いてみた。

「誰に騙されたんですか」

「あたみあん」

「えっ、今なんと？」

それには答えず、次郎吉は苦しそうな声を搾《しぼ》り出すようにして、

「あたしにゆかりのある人が……」

「はい、どなたですか」

「下平右衛門町《しもへいえもんちよう》」

その町名は何年か前、亭主がまだ元気だった頃に家族と浅草見物に行ったので、お清は知っていた。

「浅草ですね」

「孔雀《くじやく》長屋のお千《せん》」

「孔雀長屋のお千さん」

お清がおうむ返しに言ったところで、次郎吉はコト切れ、のどかな馬面の垂れ目は閉じられた。

「次郎吉さん……」

とても悲しくなって、お清は滂沱《ぼうだ》の泪《なみだ》が溢《あふ》れ出て止まらなくなった。

たった今わかったことだが、父親のようなこの男が商売を抜きにして好きだったのだ。

三

お千が鳶《とび》の仕事を終え、浅草下平右衛門町の孔雀長屋へ帰って来た時には、日は西に傾きかけていた。

長屋の路地に突っ立って、左官女房お宮《みや》、大工女房お金《かね》、桶屋《おけや》女房お石《いし》が何やらヒソヒソと話し合っていて、お千の姿を見ると三人が駆け寄って来た。

「お千さん、お客さんだよ」

お宮が声を落とし、お千の家をふり返って言った。

「えっ、客？」

お千が面食らうと、今度はお金が仔細顔《しさいがお》を寄せるようにして、

「品川から来たお清さんて人なんだけど」

「お清さん？」

お千の知らない名だ。

お石が後を次いで、

「なんぞわけありらしくって、あんたが帰って来るまで待たして貰うってえから、あたしたちで相談して家へ上げたんだよ。悪かったかね」

「ううん、そんなことないわよ。有難う、みんな」

三人に礼を言ってお千が家の油障子《あぶらしようじ》を開けると、粗末な木綿の着物を着たお清がハッとした顔を向け、畏まって腰を低くして一礼した。

「すみません、勝手に上がり込んで」

お清がか細い声で言う。

「いいえ、どちらのお清さんですか？　お会いするの、初めてですよね」

「はい、そうなんですけど……」

戸が開いていて、三人のかみさんたちが鵜《う》の目鷹《たか》の目でこっちを覗いているから、お清はそれへ気になる目を向けた。

お千が三人へうなずいておき、さり気なく戸を閉めてお清の前に座る。

「どんなご用件でしょう」

「ねずみ小僧次郎吉さんの件で」

お清が小声で言うと、お千はたちまち表情を険《けわ》しいものにした。

「なんとお言いなすった」

「あたし、実は品川の蔭見世に出てまして、そこへ旅の次郎吉さんが客で来たんです」

蔭見世がどんな所かぐらいの知識は、女のお千にもあった。

「ちょっと待って下さい、ねずみ小僧次郎吉は去年獄門にされてるんですよ」

「わかってます、でもご本人がそう言うものですから」

「で、その人がどうかしたんですか」

「殺されました」

お清がうっすら泪を滲《にじ》ませる。

これは尋常な話ではないと、お千は知らぬ間に緊張の表情になっていた。

「あたしが死ぬところを見取りまして、それからお役人に届け出たんです。するとお役人のお調べによって、その人の本当の名前は袋田《ふくろだ》の銀蔵《ぎんぞう》といい、前々から手配りされていた盗っ人だということがわかったんです。人相書も見せられました」

「袋田の銀蔵さん……」

お千の記憶にない名だった。ねずみ師匠からも聞いたことはなかった。

「その銀蔵さんをおまえさんが見取ったのはわかりましたけど、どうしてここへ」

「銀蔵さんが死ぬ間際に、ここの所（住所）とおまえさんの名を出して、ゆかりのある人だと言ったんです。ご自分がこうなったことを、お千さんに知らせて欲しいような。四十がらみでちょっと馬面の人なんですけど」

そう言われても、お千に思い当たる節はまるでなかった。しかし仮初《かりそ》めにもねずみ師匠を名乗り、お千のことを告げたのだから、あながち無関係な人とも思えなかった。

「銀蔵さんて人は、おまえさんを贔屓《ひいき》にして下すったんですね」

お清を娼婦と認識しての、お千の問いかけだった。

「そうです。うちの見世に四日間泊まってきまして、ずっとあたしがお相手を。とってもいい人でした」

「おまえさん、家族は」

「亭主と子供が三人います。亭主は漁師をしてまして、去年海へ出て大怪我をして歩けなくなっちまったんです。それであたしが仕事に出ることに……銀蔵さんからの言伝《ことづ》てをどうしてもおまえさんにお伝えしたくって、見世を休まして貰って、亭主にも断って出掛けて来ました。銀蔵さんの遺言を、あたしの胸だけに収めてちゃいけないと思ったんです」

「それはまあ、お手間を取らせまして」

お千は素直な気持ちで礼を言う。

「いいえ、銀蔵さんあんな死に方をして、ご本人もさぞ悔しいでしょうし、あたしも残念でなりません」

「お役人はなんと言ってましたか」

「きっと盗っ人同士が仲間割れでもしたんじゃないかって……でもあたしにはそうは思えない節が」

話が核心に入ってきたようなので、お千はうす暗くなり始めた辺りを見廻し、

「ちょっと出ましょうか、おいしいもの食べに行きましょうよ」

四

柳橋《やなぎばし》の行きつけの江戸前料理屋へ行き、そこの二階座敷でお千とお清は向き

合った。江戸前料理屋とは、鰻の蒲焼を供する料理屋のことである。

お千が勝手に注文した鰻のどんぶりが出てくると、それを目《ま》の当たりにした
お清は急に悲しそうに表情を歪《ゆが》め、鰻をジッと見つめている。

「どうしましたか」

お千が怪訝《けげん》に聞くと、お清は言いづらそうに、

「これ、包んで貰って、持って帰ってもいいですか」

「へっ？」

お清に子供が三人いるというのを思い出して、とっさにお千は機転を利かせ、

「だったらそれ、食べちまって下さいな。お持ち帰りの分は別に焼いて貰いますから。玉子焼きなんぞもつけましょうね」

お清の返事を待たず、お千は女中を呼んで持ち帰りの分を頼んでおき、

「さあ、これでよござんすね。ここの鰻、神田川のですからとってもおいしいんですよ」

「重ね重ね、すみません」

お清が鰻を食べだした。だが途中で胸がいっぱいにでもなったのか、箸《はし》が進まなくなり、

「ねずみ小僧さん、いいえ、銀蔵さんがあたしに鰻をふるまってくれたんです。その時のこと、思い出して……」

お清がしくしくと泣きだした。

それを見ていて、お千は察しをつけ、

「おまえさん、銀蔵さんとは商売抜きだったんですね」

お清は「はい」と言ってうなずき、手拭《てぬぐ》いで目頭《めがしら》を押さえている。

「ともかく、腹拵《はらごしら》えして下さいな。浅草くんだりまでよく来て下さいました」

お千が言った。

お清がようやく鰻を食べてくれ、お千はホッとして、

「お尋ねしますけど、銀蔵さんはどうして品川へ来たんでしょうか」

「あの人、あたしにこう言ったんです。世の中はうまくできていて、ヤバい身の上の人を逃がしてくれる稼業があるんだと」

「ヤバい身の上の人を逃がしてくれる……たぶんそれは逃がし屋のことですね」

「そうなんですか」

「そういう闇の稼業があると聞いたことがあります」

「はあ」

「銀蔵さんを手に掛けたのはその一味なんでしょうか」

「ええ、きっとそうだと思いますね。品川寺というのが落ち合い場所らしくて、日に一度はかならず銀蔵さんそこへ行ってました。それで四日目がきて、見世に戻らなくなって、あたしが帰る道すがら品川寺へ行ってみますと、銀蔵さんが草むらに血まみれで倒れていたんです。道中差を抜いてましたんで、争いがあったんだと思います」

「その時、息はあったんですか」

「息も絶えだえでしたけど、銀蔵さん騙されたと言いました。それからひどい奴らだと」

「そいつらのことは」

「あたみあん、と言ってました」

「あたみあん……なんのことかしら」

お千が思案投げ首になる。

「お千さんは本当に銀蔵さんのことを知らないんですか」

お千がうなずく。

「でも銀蔵さんの口からお千さんの名前が出たってことは、おまえさんも……」

「あたしは違うんですよ。盗っ人稼業なんかやってません。生業は鳶職なんです」

ねずみ小僧の弟子だったことは、このお清に言う必要はあるまいと思った。

「まあ、そうでしたか。だったらどうして」

どうして銀蔵がお千をゆかりの人だと言ったのかと、またおなじことを口にし、お清は得心のゆかない表情だが、お千にもなんとも答えようがない。

「銀蔵さん、盗っ人稼業なんかやらなかったらこんなことには……それを思うと気の毒でなりません。それにあたし」

そこでお清は怨みの籠《こ》もったような目をあげると、

「逃がしてやるなんて嘘ついて、騙し討ちにした一味が許せません」

その言葉が、お千の胸を衝《つ》いた。

五

下平右衛門町の町内に第六天神があり、お千はそこで待っているからと使いを出し、村雨弥市《むらさめやいち》と南無八《なむはち》を呼び出した。

第六天神は篠塚稲荷《しのづかいなり》と地つづきになっていて、日当たりのいい境内では若い母親の何人かが子供たちを遊ばせていた。のどかな光景である。

弥市は天文方の役所からだからすぐに来たが、南本所横網町の南無八はなかなか現れない。

それでやむなく二人は茶店の床几《しょうぎ》に掛け、甘酒を啜《すす》った。

弥市がいつになく押し黙っているので、お千はその様子をそっと窺い、訝《いぶか》って、

「弥市っつぁん、どうかしたんですか」

「うむ？　い、いや、何も……」

「なんだか変ですよ、いつもの弥市っつぁんじゃないみたいな。なんぞ心配事でも？」

弥市は黙ってうなだれている。

「どうしたんですよ、弥市っつぁん」

お千が重ねて聞くと、弥市はようやく重い口を開いて、

「些《いささ》か、父上のことでな……」

「ご隠居のお父上の身に何かありましたか」

「それはそのう、聞かんでくれんか。今はちと言う気になれんのだ」

「そうですか」

弥市がやるせないような溜息をつくが、お千はそれ以上詮索《せんさく》するのはやめにした。

そこへ南無八が寝ぼけたような顔でのこのことやって来た。

「めえったなあ、いつだって急な呼び出しなんだから。ゆんべ飲み過ぎちまって、今日は一日寝てるつもりだったんですよ。何かあったんですかい、姐《ねえ》さん」

南無八が床几に掛けるなり言った。

そこで弥市がお千を見て、

「お千、これで三人揃ったぞ、本題に入ってくれ。わたしはまだ役所でし残し

た仕事があるのだ」

「はい、わかりました」

弥市と南無八の注目を受け、お千が真顔になって、

「偽者のねずみ師匠が現れたんですよ」

「ゲッ、そりゃどういうこって」

南無八が目を剝《む》いた。

そこでお千が、品川の蔭見世で働くお清という女の訪問を受け、ねずみ師匠を名乗った袋田の銀蔵という男が、江戸から逃亡を計るのを逃がし屋の一味に頼んだものの、それが騙し討ちにされたらしい、という経緯《いきさつ》を語った。臨終の時に銀蔵が、一味のことを「あたみあん」と言ったことも明かした。

その上で、お千は南無八に目をやり、

「南無八、あんたに聞きたいんだけど、袋田の銀蔵って名前を耳にしたことはないかえ」

南無八は暫し考え、首を横にふって、

「さあ、初めて聞く名めえですねえ」

「でもその人、あたしのこと知ってるふうなんだよ。それが死ぬ間際に、あた

しの名前と孔雀長屋のことをそのお清さんに言って、目を閉じたっていうんだ」

「師匠の弟子は、後にも先にも姐さんとあっしだけですよ」

「銀蔵さんが弟子とは限らないだろう」

「けどなあ、そんな知り合いは……」

「その話を聞いてから、喉《のど》になんかつっかえてるみたいで、変な気分なんだよ」

弥市が割って入り、

「お千、その銀蔵の詮索は置いといてだ、おまえは何をしたいのだ。南無八はともかくとして、わたしにそんな話を聞かせる狙いはなんだ」

「狙いって、別に。おまえさんにも聞いて貰おうと思って」

「そういう盗っ人同士の話となると、わたしはお門違《かどちが》いであろう」

お千がキッとなって、

「いつも言ってるように、あたしは盗っ人じゃありませんよ。おまえさんを仲間だと思って」

「盗っ人ではないと言いつつ、おまえは現にこうしてねずみ小僧の亡霊にひっぱられているではないか」

「気になって仕方ないじゃありませんか。師匠に多少なりともゆかりのあったらしい銀蔵って人が、逃がし屋の一味に騙し討ちにされたんですよ」

「わたしの与り知《あずか》らぬことだな。この件は関わりを持ちたくないぞ。そっちでやってくれんか」

弥市が木で鼻を括《くく》った。

「おや、そうですか。わかりました。だったらもうこれ以上話すことはありませんね。呼び出して悪うござんした。とっととお帰り下さい」

「すまんが失礼する」

弥市が素っ気なく言って立ち去った。

「村雨の旦那って、あんな水臭え人でしたかねえ」

南無八が呆れたように言うのへ、お千は鼻白んで、

「さあ、あたしにもわかんないわ」

すっかり仲間だと思っていたのに、所詮《しょせん》はお武家さんなのねと言おうとしたが、お千はその言葉を呑み込んだ。弥市が父親のことで何か悩んでいるようなので、そっとしておいてやろうという気になったのだ。

お千は南無八を見て、

「あんた、この一件、ちょっと手を貸しとくれよ」

「何から始めやしょう」

「まず逃がし屋の一味のことさ、調べられるかい」

「へい、二、三心当たりを」

「あたしは袋田の銀蔵さんのことを調べてみる」

「へえ」

「でも南無八、あたみあんて、なんのことだと思う？」

「さあ、あっしもさっきから考えてるんですけど、とんとわかりやせんねえ」

南無八は首を傾げておき、

「それで姐さん、一味を突きとめてどうなさるおつもりで？」

「まだ何も決めてないよ。でも本当に許せない人でなしの一味だとしたら、きついお仕置きしてやらないとね、そうしないとあたしの気が済まないよ」

お清の怨みの目を思い出しながら、お千が言った。

鰻や玉子焼きの包みを、嬉しげに大事そうに抱え、お清は何度もお千に礼を言い、亭主と子供の待つ品川へ帰って行った。

品川から浅草まで、銀蔵の死を知らせに来てくれたお清の真情に応《こた》えねば、(女が廃《すた》れるよ)

お千はそう思っていた。

六

両国米沢町《りようごくよねざわちよう》一丁目の裏通りに、その小店《こだな》はひっそりとあった。

間口が狭く、奥行もなく、店につづいた六帖間が住居で、裏に申し訳程度の台所と土間があるだけの長屋と変わらない造りである。

そこに定七《さだしち》は独居していた。

商いは子供相手の駄菓子屋《だがしや》で、店先には安物の飴《あめ》や煎餅《せんべい》が賑やかに並んでいる。

こうした駄菓子は、粟《あわ》や麦などの雑穀と黒砂糖でこさえた素朴で安価なもので、雑菓子といわれていた。白砂糖の使用が許されなかったから、様々な工夫がなされ、それなりに味も向上し、子供たちの人気を集めている。

子供の一団が買いに来て、それが引き汐《しお》のようにしていなくなるとあとは閑散として、定七はゆっくりと煙草《たばこ》をやりだした。

老人らしからぬがっしりとした躰つきではあるが、顔に刻まれた皺《しわ》は深く、それは老齢のためばかりでなく、人生の辛酸《しんさん》を舐《な》めた末の残滓《ざんし》のように思われた。

紫煙の向こうに女が現れ、それへ何気なしに目をやった定七が、「ほうっ」と言って笑い皺を見せた。

お千は店先に立つとまずは小腰を屈《かが》め、仁義を切るようにして、

「父っつぁん、ご無沙汰《ぶさた》しております」

きっちりと挨拶をした。

定七は何も言わずに立つと、煙管《きせる》の火を灰吹《はいふ》きに落とし、駄菓子の箱をしまってお千をなかへ招じ入れ、表戸を閉め切った。

そうして座敷で向き合うと、

「よくここがわかんなすったね」

定七が言った。

「苦労しましたよ。父っつぁんのいた中村座へ行っても誰も行く先を知らなくって、あたしゃ親類筋も存じ上げないんで、あっちこっち聞いて廻って、結局

は堺町《さかいちょう》の自身番《じしんばん》でわかったんです」

「そいつぁ造作《ぞうさ》をかけちまった」

「ここにはお独りで？」

「次郎吉の妹の亭主が面倒見てくれてね、ここに一軒持たせてくれた。まっ、終《つい》の住処《すみか》としちゃ上出来だよ」

定七はねずみ小僧次郎吉の実父で、かつては中村座の木戸番を務めていたのだが、倅《せがれ》が大盗っ人として捕まり、獄門にされてからは世間が狭くなり、こうして陋屋《ろうおく》住まいとなったものだ。

お千と知り合ったのはねずみ小僧の処刑後で、定七が倅の生首を盗みに行った小塚原の刑場で、やはり師匠の首を供養《くよう》しようと盗みに来たお千とかち合ったのだ。お千は墓まで用意して師匠を弔《とむら》おうとしたが、その場の判断で生首は実父に譲った。

だから次郎吉は、今は定七の菩提寺《ぼだいじ》でひそかに眠っているのである。

「それで、今日《い》は何しに来なすったね」

定七が茶を淹れながら言った。

お千が膝を進め、

「父っつぁん、袋田の銀蔵という名前に聞き覚えはありませんか」

「袋田の銀蔵……何もんだい、そいつぁ」

定七は知らない顔だ。

「その正体を探ってるんですよ」

「どんな経緯だね」

「実は……」

お千が真顔を据え、定七に語る。

袋田の銀蔵という盗っ人が、品川の蔭見世でねずみ小僧を名乗り、逃がし屋に殺されたらしい話をした上で、銀蔵が女郎を介して、お千にそのことを知らせたまでを明かした。

「そいでもって、おめえさんは銀蔵って男をまったく知らねえんだな」

「ええ、でも銀蔵さんはあたしの長屋まで知ってたんです。解《げ》せないじゃありませんか」

「ふうん、面妖《めんよう》な話だなあ」

「憶えはありませんか」

定七は茶をひと口飲むと、

「お千さん、おれぁてめえの倅が天下を騒がせているねずみ小僧だということを、とっ捕まるその日まで夢にも知らなかったくれえなんだぜ。だから仲間かなんか知らねえが、そんな人をおれに引き合わすわけがねえだろう」

「まっ、そりゃそうですよねえ」

お千が気落ちする。

「いや、待てよ」

不意に定七が記憶をまさぐる目になった。

「一度だけ……」

「はい」

「次郎吉が一度だけおれン所に立ち寄ったことがあった。ありゃ確か捕まる一年めえだったかな。その時にな、表に待たしてる連れがいたんだよ。そいつぁ四十がらみの馬面の野郎だったぜ」

四十がらみで馬面なら、お清の言っていた銀蔵の人相と一致するではないか。

お千が意気込んだ。

「たぶんその人ですよ、袋田の銀蔵さんてのは。何か手掛かりになるようなことを残してきませんでしたか、父っつぁん」

「うむ……」

　定七は腕組みして考え込んでいたが、やおら台所へ立って徳利を持って来て、酒を茶碗に注いでぐびりと飲み、

「ちょい待ってくんな、なんか思い出しそうなんだ」

　お千が気持ちを逸《はや》らせた。

「伜がどんな用で来たのか、今となっちゃ思い出せねえから、たぶん取るに足りねえことだったたんだろうぜ。ねずみ小僧として逃げ廻っていて、おれの面を拝みたくなって来ただけなのかも知れねえ。それで奴ぁ用を済ませて表へ出た。するとと煙草入れを忘れてるのにおれが気づいて、追って出たんだ。その時、立ち去って行く二人のやりとりを耳にしたのよ」

「どんな話をしてましたか」

　息を詰めるようにして、お千が問うた。

七

　そこは南無八にとって馴染《なじ》みの賭場《とば》ではないので、まずは料理屋の離れの玄

関先で、立ち番の三ン下数人に賭場の様子を聞いた。

それによると、そこの離れが賭場になっていて、丁半場は二階だという。貸元は浅草の西を仕切っている名のある人で、立ち廻りの役人とは話がついているから踏み込まれる心配はないらしい。客筋も浅草界隈《かいわい》の旦那衆が多く、犯科人などはいないという。

それらはわかっていることだったが、一応南無八は神妙に聞いておき、三ン下たちに銭をつかませて二階へ上がった。

聞き込みという名目でお千から軍資金は得ているので、ふところは潤沢《じゅんたく》なのである。

博奕《ばくち》はすでに始まっていて、賭場独特の異様な熱気に包まれていた。

盆の端っこに席を取り、コマを廻して貰って南無八も博奕に加わった。さり気なく見廻すも、彼の目当ての人物はまだ来ていない。

その人物に聞き込みをするのが目的で、博奕の方はそこそこにと思っていたのだが、南無八はしだいに熱くなってしまい、のめり込んで、気がついたら大負けをしていた。

どうしてこう運がないのかと、ふてくされて帳場の近くへ行き、そこでふるまいの酒や鮨《すし》などを口にして無聊《ぶりよう》を慰めた。

ややあって、目当ての人物が姿を現した。

それは今でこそ山谷堀《さんやぼり》で船宿の亭主をやっているが、以前は初紅《はっべに》の長五郎《ちょうごろう》という異名を持っていた盗っ人で、ねずみ小僧とも交流のあった男だ。

長五郎はねずみ同様に伊達《だて》を気取った盗っ人だったが、押込み先で一度だけ人を疵《きず》つけたことがあり、そのことからねずみとは袂《たもと》を分かつことになった。犯さず疵つけずというのが信条だから、わけはどうあれ、そういう咒状をねずみは許さないのだ。

ねずみと長五郎の間に交流があったのは二年ほど前で、その一年後にねずみは捕まって獄門となり、長五郎もそのことをきっかけにして足を洗ったのである。

二人が手を組むことは遂になかったが、よく落ち合って酒を飲み、盗み自慢をし合っては楽しい幾夜かがあったのだ。

南無八も何度か二人の酒宴に呼ばれ、長五郎とも親しく交わっていた。だから彼の贔屓のここの賭場も知っていたのである。

ねずみがお千をどう捉えていたのか、今となっては知る由《よし》もないが、そのような同業の席にねずみがお千を招くことは決してなかった。

だから南無八に言わせれば、

(師匠は姐さんを特別扱いしている)

となるのである。

長五郎とは目も合わさず、南無八が一人で酒を飲んでいると、盆を抜けた長五郎がやって来て、ひっそりと隣りに座った。来た時からとうに南無八の存在に気づいていたのだ。

周りは人の出入りや喧騒《けんそう》があってやかましいから、さほど声を落とさず、長五郎が話しかけてきた。

「久しぶりじゃねえか、南無八」

長五郎は堅気がすっかり板につき、鋭い眼光も穏やかなものになっていた。ねずみと違って鼻筋の通った渋い男前なのである。

「頭《かしら》を待っておりやしたよ」

座り直して南無八が言った。

「おい、よせよ、今じゃおれのことを頭なんて呼ぶ奴はいねえんだ。船宿の屋号で呼んでくんな」

「こりゃ失礼を致しやした、笹屋《ささや》の旦那」

「用はなんだ」

「袋田の銀蔵って人をご存知じゃござんせんか」

即答せず、長五郎は酒を飲んで、

「そいつがどうした」

「品川宿で殺されやした」

「なんで」

その時だけ、長五郎の目が険しくなった。

「騙し討ちにされたらしいんで」

「誰にだ」

「逃がし屋でさ」

「……」

「ご存知なんですかい、銀蔵って人」

「おめえは知らねえのか」

「へえ、初めて聞く名めえで」

「おかしな話だな、おめえが知らねえってのもよ」

「どうやらねずみ師匠とゆかりがあるみてえなんですが」

「銀蔵はねずみの下働きをしていた。おれも何度か会ったことがあるぜ」

「師匠の弟子はお千姐さんとあっしだけのはずですが」

「弟子じゃねえんだよ、銀蔵は。あくまでねずみの手伝いだった。銀蔵は弟子にして貰いたかったらしいが、ねずみがそれをはねつけていた」

「どうしてなんで」

「奴の女癖だよ、だらしがねえのさ。盗っ人ってな、そういうところからボロが出るもんだろ。けど銀蔵の大名屋敷の下調べはきっちりしていたらしい。そこはねずみも信用していたようだったな。奴はねずみにあこがれていた三流の盗っ人ってとこじゃねえのか」

長五郎がうすく笑った。

「じゃ銀蔵さんは、師匠からお千姐さんのことも聞いてたんですね」

「ああ、ねずみが自慢していたらしい。おめえのことは恥ずかしい弟子だと言ってたようだがよ」

南無八が腐ったので、そこで長五郎は声を上げて笑った。からかっているのだ。

「気にするなよ、ねずみはおめえのことも可愛がってたじゃねえか」

「へえ、確かに」

「けどなんだって銀蔵は殺されたんだ。あんな気のいい奴を眠らせるなんて、やった奴らは外道《げどう》だぜ」

「そう思いやすよ。それで姐さんもかりかりして、躍起《やっき》ンなって逃がし屋を突き止めようとしておりやす」

「ねずみはおれにもお千を会わせなかった。今さら会ってもしょうがねえが、いってえどんな女なんだ」

「鉄火肌《てっかはだ》の大した姐さんに育っておりやす。実を言うと、今のあっしぁ姐さんに食わせて貰ってるようなものなんで」

「そのお千とは躰の関係はあるのか」

　南無八が慌てて手をふって否定し、

「とんでもねえ、指一本触れてねえですよ。そんなことしたら縊《くび》り殺されちまいやさあ」

「おっかねえ女なんだな」

「へえ、そりゃもう」

「おめえ、まだ盗っ人やってんのか」

「へえ、まあ、時々……けど姐さんがうるせえんで、陰でこっそりとコソ泥を」

「しょうがねえ野郎だな」

「あのう、笹屋の旦那、銀蔵さんに身内はいなかったんですかい」

そう聞かれ、長五郎は遠くを見るような目になって、

「一人いるぜ」

ボソッと言った。

八

深川もいい加減外れの茂森町《しげもりちょう》は、六万坪《ろくまんつぼ》（地名）の西隣りにあり、北に崎川橋《さきかわばし》、東に自分橋《じぶんばし》、そして西に幾世橋《いくよばし》が架かっている。

辺りは一円材木置場に埋め尽くされ、海が近いから、夜ともなると荒涼としたさいはての地となる。昼とて訪れる人も少ないのだ。

そんな真っ暗ななかにぽつんと一軒、赤提灯《あかちょうちん》の灯が見えた。その提灯も長年

の風雪に晒《さら》されて変色し、所々破れてもいる。

こんな寂れた場所で居酒屋などやっていても、滅多に客などないはずだから、やって来たお千は暗然とした思いで店を眺めた。

そして意を決して店へ向かおうとしたところへ、「姐さん、姐さん」と声が聞こえ、南無八が暗闇から現れてすり寄って来た。

「あんた、どうしてここへ」

お千が驚きで問いかけた。

「姐さん、初紅のお頭の名めえは知っておりやすか」

「初紅の長五郎さんかえ。その人のことなら師匠から聞いたことはあるよ。でも会ったことはないね」

「長五郎さんは師匠とはおれおめえの仲でした。その人が袋田の銀蔵さんを知っておりやして、賭場でつなぎをつけたらここを教えられたんでさ。なんでも銀蔵さんのおっ母さんが店をやっているとか」

「そうなんだけどね……」

改めて店を眺めると、お千は気が重くなってきた。

「姐さんはどうして」

「師匠のお父っつぁんの定七さんに聞いたんだよ。銀蔵って人はどうやら師匠の手伝いをしてたようなのさ。定七さんの話によると、二人が父っつぁんの所を訪ねて来て、その帰りしなにここのことが話題に出てたっていうんだ。それで来てみたのさ」

「さいで」

「銀蔵さんがなんで師匠の名を騙《かた》ったのか、それも薄々察しがつくね」

「どうやら師匠にあこがれていたみてえですね。けど銀蔵さんは女癖がよくねえんで、師匠は弟子にしなかったとか。ですから姐さんに会わせるわけねえですよ」

「そんなことはいいんだけどさ、ああ、どうしよう」

店を眺めてお千が溜息をついた。

お千のその様子をチラッと見て、南無八は訳知り顔になって、

「これで銀蔵さんのことはわかったんですから、もういいんじゃねえんですか。おっ母さんとなると、なんの関わりも。それより逃がし屋を追いかけやしょうぜ」

けえりやしょうよと南無八が言うが、お千は愚図《ぐず》ぐずしている。

「でもねえ、銀蔵さんはいい人みたいだったじゃないか。その人のおっ母さんがこんな寂れた所で、たった一人で商売してるんだよ。もしかして伜が来るのを待ってるのかも知れない。それを思うとねえ……」

「なるほど」

南無八にしては珍しくしんみりとした目になり、何やら得心したようで、

「さすが姐さんだ」

「なんのことさ」

「情があるってこってすよ。行きずりの見たこともねえ人にまでそうやって思いやる。姐さんのそういうとこ、師匠も褒《ほ》めておりやしたぜ」

「何言ってるんだい。あたしゃね、銀蔵さんが師匠の手伝いをしてたとわかってから、他人のような気がしなくなったんだよ。今じゃ身内が殺されたような気分なのさ」

「それじゃ、一丁店にへえりやすか。なんでもねえ他人のふりして、バアッと派手に飲んでやりやしょうよ。それで銀蔵さんのことは何も言わねえで、陰ながら功徳《くどく》を施《ほどこ》してやるんです」

南無八の言葉に、お千がすんなりうなずいた。

九

居酒屋の女将《おかみ》お辰《たつ》は、一人で酒を舐めていた。

白髪をひっつめにし、粗末な木綿の着物を着て、七十近いと思われる顔はしなびて真っ黒に日焼けし、深い皺が刻まれている。まさに落魄《らくはく》の風情《ふぜい》だ。

そこへお千と南無八がもつれる足取りで入って来て、二人はすでにどこかで飲んできたかのように装い、努めて明るくふるまうと、

「今晩は、お酒飲ませて下さいな」

お千が言えば、南無八は浮きうきしたようにして、

「婆さん、じゃねえ、女将さん。店中の酒出してくんな。今日は底が抜けるほど飲みてえのよ」

お辰は無愛想に何も言わず、料理場へ行って酒肴《しゅこう》の支度に取りかかった。

その間、お千は無理にケタケタ笑い、南無八は身ぶり手ぶりでおかしな話を始めた。

「姐さん、ちょいとお尋ねしやすが、芋虫《いもむし》はですよ、さなぎから蝶《ちょう》になれても

自分のことを美しくなれたと思いやすかね。どっちだと思いやす」

「思わないだろうねえ。芋虫の時の方がずっとよかったと思ってるんだよ、きっと。そういうものさね、あいつらは」

「けど蝶になったら自由に空を飛べるんですぜ」

「地面這ってた頃がなつかしいって、愚痴《ぐち》を言ってるよ」

お辰が酒肴を整え、二人の床几の前に運んで来た。

「女将さんも一杯どうかしら」

お千が勧めると、お辰は手を横にふって元の席に戻り、そこで偏屈に自分の酒を飲み始めた。

「ここは長いんですか、女将さん」

お千の問いには答えず、お辰は南無八に目をやって、

「あんた、さっきいい話してたね」

「へっ？　なんのこって」

「蝶になったら空を飛べるって」

「はあ、それが何か」

「いいこっちゃないか、あたしも蝶になりたいよ」

「年取った蝶は飛べなくなって、地面に落ちてひくひくっとなって、あとは死ぬだけなんですぜ」

「それでもいいじゃないか、飛べるうちは」

お千が真顔になって、

「飛んでどこへ行きたいの、女将さんは」

「倅を探しに行くんだよ」

倅という言葉が出て、お千と南無八はスッと見交わし合い、

「倅さんがいるんですか」

わかっていながら、お千が言った。

「そうだよ、四十を過ぎた大きい倅がね」

「どっか行っちまったんですか、倅さん」

つづけてお千だ。

するとお辰はジッと一点を見据え、

「追われてるんだよ」

「えっ」

「少しばかり悪さをして逃げ廻ってんのさ。だから倅は捕まれば二度と娑婆《しゃば》に

出てこれないかも知れない。身から出た錆《さび》でしょうがないんだけどね、それがわかっていても親としちゃひたすら無事を祈っちまうよね。どうか捕まりませんようにって」

お辰は銀蔵が盗っ人稼業だったことを知っているのだ。

「それで伜さんを待ってるんですか、女将さん」

さらにお千が聞く。

「いいや、ここにゃ来ないだろう。お上に知られてるからね、時々御用聞きが顔を出すもの」

「女将さん、あっしらは違いやすぜ」

南無八が口を挟む。

「わかってるよ、仲間だろう、伜の」

お辰に言われ、お千と南無八はまた見交わし合って、

「どうしてわかるの、女将さん」

お千が聞いた。

「入って来た時からすぐにわかったよ、只もんじゃないってね。こんな地の果てみたいな所にまともな人なんて来やしないさ」

お千は少し拘《こだわ》って、

「でもあたしたち、今はまともなんですよ。悪さなんかしてません」

「倅のこと、知ってるのかい」

お千が首をふる。

「もし会ったら言っとくれ、あたしがずっとここで待ってるって。この先もう覚束《おぼつか》ないけど、最後に倅の面見て死にたいんだ」

無理に酒を飲もうとするお辰の手を、お千が止めた。

「だったらお酒はもうやめた方が」

お辰が悲しい目でお千を見た。

「わかるかい、あたしの気持ち」

お千が深くうなずき、

「覚悟ですよね、女将さん」

「えっ」

「死ぬ覚悟に生きて行く覚悟、息をしている限り、人ってなそれなりに覚悟がいりますよね。覚悟さえつけば希《のぞ》みも湧いてくるってものなんです。生まれ落ちた時から、あたしたちの前には茨《いばら》の道が広がっていました。つらいけど、いいこともあったじゃないですか」

「おや、おまえさんて人は……年寄のあたしにわかったようなこと言うねえ。茨の道ばかりだったけど、確かにいいこともあったよ」

「いいことだけ胸に残して、あとは忘れちまうこってす」

「そうしてきたよ、あたしゃ。おまえさん、若いのにどうしてそんなこと言えるんだい。隅に置けない人だよ。どうだい、今夜はとことんやらないかい」

「いいですよ、やりましょうよ。伜さんの話を聞きたいわ」

「あんたって……」

お辰は泪もろくなってきて、慌てて目頭を拭い、急に活気づいたようになって料理場に去って支度を始めた。

南無八がうんざり顔で、

「姐さん、今のうちにふけちまいやしょう。年寄の話は長ったらしいし、おんなじことの繰り返しになるんですから」

「いいよ、あんただけお帰りな。銀蔵さんのために、あたしゃ女将さんにつき合って上げる。そう決めたのよ」

「そうですかい、だったらあっしぁこれで」

南無八は出て行き、お千が残り酒をやっていると、少しして南無八がすごすごと戻って来た。

「どうしたのさ」

「残りますよ、あっしも。姐さんに不人情な奴だと思われたくねえですから」

「でも本当は不人情なんだろ」

南無八が腐って、

「初紅の長五郎さんにも変なこと言われちまって……師匠がね、あっしのことを恥ずかしい弟子だと言ってたらしいんで」

「アハハ、さすがねずみ師匠だわ。あたしもあんたとつき合ってて恥ずかしいもの」

南無八がますます腐って、

「その汚名を返上してえですね、南無八は花も実もある奴だと言われねえと。さあ、飲みやしょうぜ、姐さん」

酒を飲みだす南無八を、お千は横から眺めていて、

（ふうん、こいつもいいとこあるんだ。捨てたもんじゃないわ。見直したよ、南無八）

そっと胸のなかでつぶやいた。

そうして二人はお辰と共にひとしきり飲んで、やがて帰って行った。

また店は静かになり、お辰は溜息ばかりをつき、緩慢な動作で二人分の盃や皿を片づけ始めた。

お千の食べ残しの皿を動かすと、そこに小判が三枚、隠れていた。

「おや……」

暫《しば》し茫然となり、お辰は恐る恐る小判に手を伸ばした。それを両手で包みこむようにし、みるみる感謝の目になった。

「有難うよ、有り難うよ……」

震える声で何度もおなじ言葉を繰り返し、お千の去った方角へ小判を掲げて拝みつづけた。

十

次の日の夜である。

弥市はその日も父彦兵衛《ひこべえ》の帰りを待っていた。

五日前、彦兵衛は行方も告げずに組屋敷を出て、そのまま戻らなくなったのだ。

風流でも楽しみに出掛けたとしても、五日は長過ぎた。では風流や趣味でないとすれば、考えられることはひとつしかなかった。

弥市は会ったことはないが、加納甚五郎《かのうじんごろう》というお庭番《にわばん》から秘密の御用を仰せつかり、彦兵衛は出掛けたのではないのか。

しかしこれまでやっていたお庭番の下請けのような仕事は、江戸ご府内に限りという約束だったはずで、どこかに泊まってくるようなことはなかった。

諸国の大名の動静を探るほどの大任は彦兵衛には無理だし、彼はそこまでの諜報活動を行うほどの技量は持ち合わせておらず、そんな訓練を受けたわけでもないのだ。

気ままな隠居の身分を活かし、安全な範囲で行える副業としてなら大歓迎で、彦兵衛も弥市もそれには異存はなかったのである。

何が起こったのかわからないが、だが末端とはいえ、お庭番のような仕事にはこういう心配もつきまとうのだなと思い、弥市は彦兵衛の無事を祈るしかなかった。

そういうことがあったから、こっちが気掛かりで夜は組屋敷にいたかったし、お千の逃がし屋の件には気乗りがしなかったのだ。

夜更けて弥市が暦学《れきがく》の本に読み耽《ふけ》っていると、玄関に物音がし、ようやく彦兵衛が帰って来た。

「ああ、疲れたなあ」

弥市が立つまでもなく、彦兵衛の方から座敷にズカズカと入って来て、と言うなり、笠や道中荷などの軽い旅装を放りだし、どさっと寝転んでしまった。ここを出る時は旅装ではなかったから、お庭番の方で隠密に整えたものに違いない。

弥市が台所へ行き、熱い茶を淹れてくる。

「父上、まずはこれをお飲み下さい」

差し出された茶を飲み、彦兵衛はやっと人心地のついた表情になり、

「心配したか」

「むろんですよ」

「すまん」

「いえ、いずこへ参っておりましたか」

「豆州《ずしゅう》だよ」

それは今の静岡県で、伊豆《いず》方面のことだ。

「豆州とはまた……」

「悪党を追いかけて行った。こんな大仕事は初めてだったよ。だが首尾《しゅび》がよくなかった」

「悪党を捕まえられなかったのですな」

「あと一歩というところで肝心なことがつかめなかった。加納殿をがっかりさせてしまったよ」

「ご府内から出ない約束ではないのですか」

「行き掛かり上、やむをえなかった。しかしこたびの旅で思い知らされたよ。道中をしてまでの探索はわしには無理だな」

体力の限界だという。

弥市は安堵《あんど》の笑みを漏らし、彦兵衛が無事に戻ったのだからそれ以上の詮索は無用と思い、道中荷を片づけにかかった。

彦兵衛は台所へ行き、そこにしゃがみ込んで冷や酒を舐め始めた。やはりわが家の酒はうまいと唸《うな》っている。

「留守中変わりはなかったか」

彦兵衛が台所から言った。

「はい、何もございません」

道中荷が潰《つぶ》れたようになっていて、書きつけなどがはみ出ていたので、それらを押しこもうとし、一枚の紙片が目についた。

それに目を通した弥市の顔色が変わった。

「熱海庵」

彦兵衛の字で書かれてあった。

「熱海庵……あたみあん……」

弥市が重い声でつぶやいた。

お千が嚙《か》んでいる逃がし屋の件に出てきた名称ではないか。

「父上、この熱海庵というのはなんですか」

「熱海庵？……ああ、それは悪党の隠《かく》れ蓑《みの》と睨《にら》んで探索をしてみたのだが、何も得られなかった。初めは臭いと思ったんだがな」

茶碗酒を持ってこっちへやって来た彦兵衛の前に、弥市が膝詰めのようにして座った。

「父上が探索していた件、詳《つまび》らかにお聞かせ願えませんか」

「それは構わんが、おまえはわしの仕事に口出しせぬはずではなかったか」

「この件に限りです」

「ふうん、そうか」

彦兵衛が語ったところによると、こうだ。

さる大名家の三男が吉原で狼藉《ろうぜき》を働き、花魁《おいらん》と忘八者《ぼうはちもの》二人を斬り殺して逃走した。おのれに靡《なび》かぬ花魁に腹を立て、兇刃《きょうじん》をふるって殺し、止めに入った忘八者たちをも手に掛けたのだ。忘八者とは吉原の抱える用心棒どものことだ。

三男は藩邸に戻らず、お庭番と目付方が手を組んで探したが、行方は知れなくなった。

その探索に彦兵衛も狩り出された。

そんな折も折、三男からつなぎを受けたというその大名家の用人が、彦兵衛を隠密と知って接触してきた。三男にひそかに頼まれ、逃走資金として百両を用立てたというのだ。

用人は三男を捕えてお家に戻して貰いたいと言い、あとは当家の方で吉原と示談交渉をし、事件をなかったことにしたいと、そう本音を漏らした。

体面を重んじる大名家としては当然のことだから、彦兵衛はそのことを加納に告げた。

加納はそれはやぶさかではないがと言い、これまで判明したことを彦兵衛に明かした。

三男が豆州方面に向かったこと、そしてその逃走には逃がし屋の一味が絡《から》んでいるという。

そういう行き掛かりから、彦兵衛は三男を追って豆州へ向かうことになったのだ。

「逃がし屋のことでわかった事実は」

弥市の問いかけに、彦兵衛は難しい表情になり、

「初めは旅人宿を装ってとか、商家が何食わぬ顔をしての裏稼業とか、諸説あったがわしは違うと思った。そういうこそこそした感じではなく、一味はもっと大っぴらに逃がし屋をやっているような気がしたのだ」

「それで、熱海庵が浮上してきたのですな」

彦兵衛がうなずき、

「熱海庵というのは、豆州の湯治場《とうじば》に温泉客を案内するのを生業としていて、

お上の許しも得ている。正しくは豆州熱海温泉出張所《でばりどころ》といい、日本橋元四日市《もとよっかいち》町《ちょう》に店がある」

「主《あるじ》はどんな男ですか」

「丹次郎《たんじろう》という男で、わしはここが初めは臭いと思った、大っぴらだからな。ところが丹次郎は穏やかで、善人を絵に描いたような男だから、まさかこ奴がと思うようになった」

弥市は無言で聞いている。

「それから熱海庵の手代たちが湯治客を案内して行くのを尾行してみたが、その旅人も犯科人などではなかった。伊豆までそれをつけて行って、何事もないからどっと疲れが出てな、こうして帰って来たというわけなのだ」

「ちょっと出掛けてきます」

弥市が席を立った。

「こんな刻限にか」

「野暮《やぼ》用を思い出しまして。父上はゆるりとお休み下され」

「わかった。明日の仕事に差し支えぬようにな」

「承知してございます」

十一

夜風が強く吹いてきて、油障子をガタピシと揺らせた。

お千は仕舞い湯から帰って来たばかりで、寝巻に着替えて衝立《ついたて》をのけ、布団を敷いてちょいと寝酒をと、徳利の酒を茶碗に注いでひと口飲んでいた。

疲れが癒《いや》され、「ああっ」と思わず吐息が漏れる。

仕舞い湯になるほど帰りが遅くなったのは仕事のせいで、ほ組受持ちの旅籠《はたご》町《ちょう》、茅町《かやちょう》、森田町、猿屋町《さるやちょう》辺りを、他の火消し連中と共に火の用心の夜廻りをしていたからだった。

するとそっと戸が叩かれた。

初めは風のいたずらかと思っていたが、障子に人影が映っているのを見て慌てた。

「誰だえ」

誰何《すいか》すると、「村雨だ」と言う答えが返ってきた。

「まあ、弥市っつぁん、なんの用さ」

「折入って話したい」

「明日にして貰えないかしら。もう寝支度しちまってるんだよ」

「あたみあんのことだ」

押し殺した声で弥市が言う。

お千は色を変えた。

「えっ、あっ、ちょっと待っとくれ」

急いで鏡台に向かって髪と顔を整え、寝巻の上に鳶の半纏《はんてん》をひっかけ、土間へ下りて心張棒《しんばりぼう》を外した。

吹きつける風と共に弥市が入って来た。

お千は座敷へ上がって布団を二つ折りにしておき、弥市と向き合って座ると、

「顔見ないでね、湯上がりのすっぴんなんだから」

「非礼はわたしの方なのだ、気にせんで貰いたい」

弥市がお千を見ないようにして言う。

「あたみあんのこと、わかったんですか」

「日本橋元四日市町にある熱海庵のことだったよ。豆州熱海温泉出張所という店だ」

「詳しく聞かせて下さい」

弥市の父彦兵衛がお庭番の仕事で、犯科に及んだ大名家の三男を追ううち、逃がし屋の一味が浮上してきた。初め彦兵衛は熱海庵が臭いと思ったのだが、怪しい節が見出せず、調べの対象から外した。三男は逃走したままである。

弥市はそこまでを語ると、

「熱海庵がわたしの目に止まったということは、やはり悪事は千里を走るのだな。これで一味を追い詰めることができるぞ」

「ツキはこっちにありましたね」

「お千、早速明日から熱海庵を調べようではないか」

弥市はやる気になっている。

「待って下さいよ、あたし、これまで聞いたことないんですけど、弥市っつぁんのお父上はお庭番のお仕事をしてたんですか。今の今まで只のご隠居だと思ってましたんで、驚きました」

「大したことではない。ほんの片手間にな、お庭番の下働きをしていた。おまえに言う必要はあるまいと思っていたのだ。それが今まではなんの支障もなかったが、五日も屋敷を明けたままなのでわたしは気が気でなかった。無事に帰って来てよかったよ」

「ああ、それであの時、あたしの話を断って早々に帰っちまったんですね」

「すまん」

「一杯やりますか」

「そうだな、あ、いや、よそう。酔った勢いでわたしとおまえが妙な関係にでもなったら困る」

お千がプッと吹いて、

「そんなことにはなりませんから大丈夫ですよ。おまえさんが変なことしたらぶっ叩きますから」

「そうしてくれるか、酔うと自分に責任が持てなくなるのだ。よし、では安心して飲むとしよう」

「はい」

お千が手早く酒の支度をする。

最初はさしつさされつのいい雰囲気だったが、やがて酔うほどに、弥市の目がとろんと妖しくなってきた。

「これ、お千」

「はい？」

「さっきすっぴんと申したな」

「ええ」

「おまえは化粧などいらんぞ、そのままで十分に美しい」

「まあ、どうしましょう」

お千が頬を染める。

「どうだ？　そろそろ」

「はあ？」

「男と女はなるようにしかならんのだ」

弥市が鼻の穴を脹《ふく》らませ、にじり寄って来た。

バチッ。

とたんにお千の平手打ちが迷うことなく飛んだ。

十二

「姐さん、あの野郎ですぜ」

物陰から南無八がお千に囁《ささや》いた。その横には弥市の姿もある。役所を抜け出し、馳《は》せ参じて来たのだ。

昼近くの五月の空はよく晴れていた。

そこは日本橋元四日市町で、大通りに面した熱海庵はどこにでもある中規模の商家の佇《たたず》まいだ。軒看板に「豆州熱海温泉出張所」と墨痕《ぼっこん》鮮やかに書き記してある。

南無八が指し示したのは手代の丑松《うしまつ》という男で、木綿の着物に前垂れ姿で、店先を竹箒《たけぼうき》で掃き清めている。

南無八がつづける。

「あれはその昔、土蜘蛛《つちぐも》の権次《ごんじ》ってえ獣働《けものばたら》き専門の盗っ人一味にいた野郎なんで。ああして手代の姿なんぞになって若く見えやすが、もう二十も半ばぐれえかと。今まで何人の人を手に掛けたか知れねえ奴でさ」

「主の丹次郎ってのは」

お千が問うと、南無八は首を傾げ、

「朝からどうも様子が変なんですよ。あの丑松以外は誰も姿を見せやせん。丹次郎に番頭の半助《はんすけ》、それに手代がもう一人おりやして、そいつぁ友七《ともしち》といいやす。知った顔は丑松だけですが、どうせほかの連中も地獄を潜り抜けて来たような奴らでしょうよ」

この二日ほど、店に張りついていた南無八が調べた結果を述べる。

丑松が呼ばれて奥へ引っ込み、ややあって旅装の丹次郎、半助、友七が出て来た。

「旅に出るようですね、たぶん豆州じゃねえかと。そうか、それで朝から落着きがなかったんだな」

南無八の説明を、お千と弥市は黙って聞いている。

丹次郎が留守番の丑松だけを残し、半助たちと去って行った。

すると丑松は大戸を下ろし、店仕舞いをして家のなかへ姿を消した。

お千は弥市と視線を交わし合うと、

「南無八、あんたはもういいよ。あとはあたしと弥市っつぁんとでやる」

「そうですかい」

お千から二分ほどの銭を貰い、南無八はすばやくそれをふところに収めた。

誰もいなくなった解放感からか、丑松は奥座敷で一人のんびりとし、茶を淹れて大福餅《だいふくもち》を食いだした。この男はのっぺりした顔に、陰険そうな小さい目がくっついている。

庭先にお千と弥市が姿を現し、ズカズカと踏み込んで来た。二人とも履物《はきもの》のまま座敷へ上がり込む。

「うわっ、どなたですか。うちは当分の間休みなんですよ。また出直して来て下さいましな。あたしじゃ話はわかりませんので」

弥市が大福餅を取り上げ、喋《しゃべ》る丑松の口にそれをねじ込んだ。

「うぐっ、ガハッ」

お千がかんざしを抜いて丑松の喉に押し当てた。

「さあ、何もかも喋っとくれ。おまえたちは逃がし屋の一味なんだろ」

大福餅を口から吐き出し、血相変えた丑松がバタバタと這って逃げだす。

その帯を後ろからつかみ、弥市がたぐり寄せて丑松の顔面を殴打した。悲鳴を上げるのへさらにボコボコに殴りつける。たちまち丑松の顔は血だらけとなり、しまいには泣きだした。

「丹次郎たちはどこ行ったのさ」

お千が追及する。

「豆州です、旦那様方は湯治のお客さんを迎えに。そ、それにしてもなんでこんなひどいことをするんですか、お役人を呼びますよ」

弥市がうす笑いで、

「呼んで来い。さすればおまえが土蜘蛛の権次の一味だったことを告げてやる。一味のあらかたは捕まって仕置きされたが、残党のおまえが見つかってお上も喜ぶであろうな。丹次郎とはどこで結びついたのだ」

「冗談じゃねえ」

丑松が必死で逃げかかった。

お千がすばやく動いて丑松をつかまえ、その腕を捉えて畳に引き据えるや、手の甲にかんざしを突き通した。

「ぎゃあっ」

丑松の手の甲から鮮血が溢れ出る。

「さっ、白状おし」

お千が夜叉《やしゃ》の目になった。

「そ、その通りだ、逃がし屋を看板にして夜逃げする奴らを取り込んで、みんな眠らせてやった。逃がすなんて嘘っ八で、おれたちの狙いは奴らの持ってる金だ。それで熱海庵は成り立ってるんだ」

「袋田の銀蔵って人を知ってるね」

「ああ、品川宿でおっ死んだ馬面の野郎だ。あれはおれと半助さんの二人でやったのさ」

「畜生、よくも騙し討ちに」

お千が激昂《げっこう》した。

「待ってくれ、よく考えろよ。おれたちは脛《すね》に疵《きず》持つような連中しかやってねえ。罪のねえ人は手に掛けちゃいねえんだよ」

「そんな道理が通ってたまるものか」

怒りのお千を押しのけ、弥市が脇差を抜いて丑松の腹を刺した。

丑松は絶叫を上げて転げ廻っていたが、やがて絶命した。

「弥市っつぁん」

お千が慄然とした声を漏らした。

「こんな奴、生かしておいてどうする。というより、逃がし屋なんぞぶっ壊してやらねばな」

お千が青い顔でうなずき、

「すぐに豆州へ行こうじゃないか。奴らを追いかけるんだよ」

十三

弥市とは日本橋で待ち合わせをしておき、お千は一人孔雀長屋へ帰って来ると戸締りを厳重にした。

そして箱膳の引出しを開け、そこに隠した一梃《いっちょう》の短銃《たんじゅう》を取り出した。銃把《じゅうは》を握りしめ、六寸六分一厘（二十センチ）の美しい銃身にぐっと見入る。

それは火縄を必要としない蓮根式《れんこんしき》の連発銃で、六発の銃弾が装塡《そうてん》可能な西洋の拳銃、すなわちピストールである。

以前におなじ長屋に住んでいた鉄砲鍛冶《てっぽうかじ》の職人から、わけあってお千が譲り受けたものである。それを世のため人のために使ってくれと言い残し、その職人は去って行った。

職人は和泉国《いずみのくに》（大阪府）と近江国《おうみのくに》（滋賀県）の国境にある国友村《くにともむら》の出身で、そこの鉄砲鍛冶たちが優秀なところから、戦国時代には信長《のぶなが》、秀吉《ひでよし》、家康《いえやす》はこぞって火縄銃を大量生産させた。

それから幾星霜《いくせいそう》を経て、職人は唐人《とうじん》から最新式の短銃を貰い受け、さらにそれに改造を加えて、お千が手にしているピストールを作り上げたのだ。新式銃などを見るとつい血が騒ぐ、国友村職人の伝統である。

短銃は期せずしてその後（一八三五年）に、アメリカ人のサミュエル・コルトが特許を取ったリボルバー銃とほぼ変わらぬ代物《しろもの》であった。

それからお千は銃を一旦置き、畳の一枚を上げて床下に身を屈めた。

そこに木箱が隠されていて、蓋《ふた》を開けると千発の鉛の弾丸がぎっしりと詰め込まれていた。それも鍛冶職人によるお千への置き土産《みやげ》だった。

木箱に手を突っ込み、ひい、ふう、みいと数えて六発の弾丸を取り出し、再び畳を元に戻して短銃を握り、輪胴《りんどう》をくるくるっと廻して弾倉《だんそう》に弾丸を装塡した。

（銀蔵さん、無念を晴らしてやるよ）

お千が心に誓った。

十四

伊豆の山中に銃弾が炸裂《さくれつ》して轟《とどろ》いた。

熱海庵丹次郎が額を一発で撃ち抜かれ、のけ反ってぐらっとなった。

そのふところから無数の小判が壮烈に流れ落ちる。

お千が短銃を右手に構え、その袖口を左手で押さえたままで、ゆらゆらとしている丹次郎に近づくや、その躰をドンと思い切り蹴った。

「ああっ」

丹次郎が断末魔《だんまつま》の声を上げて崖から落下して行き、やがて海の藻屑《もくず》と消えた。

その背後では半助と友七が怒号し、長脇差を構えて弥市と対峙《たいじ》していた。

弥市はゆるりと抜刀すると、凄まじい殺気をみなぎらせて二人に近づいて行く。彼は馬庭念流を極めた剣の達人なのである。

許せぬ人でなしに陰にて鉄槌《てっつい》を下す――。

それが弥市の信条であり、彼はお千と知り合う以前から悪党どもの闇討を行っていたのだ。

これこそが弥市の隠れた裏面で、彼はそれを生き甲斐《がい》とし、地味な小役人の陰の姿として、人知れず行う闇討は使命だとも思っていた。正義を貫き、世の不条理を切り裂こうとしているのだ。

泣き声に近い声で、半助と友七が同時に斬り込んで来た。

弥市の動きは速かった。

友七を真っ向から袈裟《けさ》斬りにし、返す刀で半助を当て抜き胴にして斬り裂いた。

襲う時も倒れる時も、二人は同時だった。倒れ伏したまま、ピクリとも動かない。

ふっと、お千の吐息が聞こえた。

弥市が刀の血ぶりをしながらふり返ると、お千の白い顔がそこにあった。

「とうとうやっちまいましたよ、弥市っつぁん。あたしはとうとう人殺しになっちまったんです」

お千は深刻な表情になっている。

「悔やんでいるのか」

意外と冷たい弥市の声だ。

「悔やむなんて、そんな……こんな奴ら、死んで惜しいことなんてひとつもないじゃないですか」

「ならばよかろう。わたしは闇討を始めてから悔やんだことなど一度もないぞ。皆、殺されて当然の奴らだったからな」

「そうやって割り切れるものなんですか。そういうもんじゃないでしょう」

「うるさい」

「えっ」

「人を殺しといて、御託《ごたく》は聞きたくないな。もうあとには戻れん。腹を括れ」

「括って、どうするんですか」

「それで生きて行くのだ、堂々と。泣いて縋《すが》る善人を殺したわけではあるまい。おまえはよいことをしたのだぞ」

　お千は弥市に圧倒されていた。

「あんたって人は、いい人なのか悪い人なのか、わかんなくなってきましたよ」

「そこがわたしの魅力ではないか」

「はン、よく言いますすよ」

「ではお千、ここで別れるぞ。折角来たのだからわたしは湯治をして行く。ゆっくり湯に浸かって考えることが沢山《たくさん》あるのだ」

「ええ、どうぞ。お好きになさいまし」

「さらば」

弥市が別れを告げて歩きだし、少し行ってふり返ると、お千は丹次郎の残した小判をせっせと掻き集めていた。

「おかしなことをする奴だな、金の亡者《もうじや》でもあるまいし……」

腑《ふ》に落ちない声でつぶやいた。

十五

奥で寝ている亭主の世話を終え、表で元気に遊ぶ三人の子供を確認しておき、お清は身の周りのものを詰めた風呂敷包みを抱え、あばら家を出ようとした。

包みのなかには女郎になるための赤いペラペラの着物が入っているのだ。

もう馴れっこになったものの、今日も好きでもない男たちに抱かれるのかと思うと、気が重かった。銀蔵さんがなつかしかった。

（春はもう過ぎたのに、あたしの春は今年もめぐってこなかった。いったいいつになったら、いつになったら気持ちのいい、清々《すがすが》しい日は来るのかしら）

でも亭主のため、子供たちのために働かなくてはならないのだ。

土間へ下りようとして、お清はそこで雷にでも打たれたような顔になった。

上がり框《かまち》に剝き出しの小判が数十枚、積み重ねられてあったのだ。

「そんな、誰が……」

小判を掻き集め、表へとび出した。

遠くの子供たち以外、人影はなかった。

暖かな風がお清の頰を嬲《なぶ》っていった。

「……」

神か天狗《てんぐ》の仕業《しわざ》か、お清はいつまでも天に向かって拝み、頭も下げつづけた。

泪がとめどなく流れ落ちて止まらなかった。

ようやくお清に春がめぐってきたのだ。

第四話　からくり屋敷

一

南本所元町《みなみほんじょもとまち》の蠟燭問屋《ろうそくどんや》菱屋《ひしや》は、元禄《げんろく》の御世《みよ》に初代小左衛門《こざえもん》という人が、五代将軍綱吉《つなよし》の寵臣柳沢吉保《ちょうしんやなぎさわよしやす》に気に入られ、定紋の花菱《はなびし》の小袖《こそで》上下を許され、それで菱屋の屋号を賜《たまわ》った由緒《ゆいしょ》ある商家である。

今は家付き娘のおりつが五代目を継ぎ、菱屋は天保《てんぽう》の現在も磐石《ばんじゃく》なのだ。

おりつは今年で三十になり、十年前に婿を取ったものの、三年で死に別れ、以来後家を通している。

彼女には妹が一人いて、これは小石川春日町《こいしかわかすがちょう》の蘭方医《らんぽうい》の元に嫁ぎ、子を五人生《な》して今は子育ての真っ最中だから、姉の住む実家とは多分に疎遠となっていた。

おりつを引き立て、ひとえに菱屋を支えているのは大番頭の五兵衛《ごへえ》で、この男が陰の実力者としてすべてを掌握《しょうあく》し、百人近い奉公人の上に立って君臨している。

五兵衛は十で奉公に上がり、十七で手代、二十七で五番番頭となり、あとは行き着くところまでいって三十二で大番頭に上り詰め、その地位を揺るぎのないものにしている。

だが三十五になる今も、五兵衛は独り身なのである。

それは五兵衛が女嫌いとか、格別偏屈者というのではなく、彼の左頰の半分を占める醜い火傷《やけど》の痕《あと》が原因であった。それはよく目立つから、尋常な女なら二の足を踏むような痕なのである。顔立ちは立派なのに、その痕がすべてを台無しにしていた。

それでも四番、三番番頭辺りにいた頃は、彼の地位に目が眩《くら》んで縁談が幾つか持ち込まれはしたが、五兵衛の方が依怙地《いこじ》になってはねつけたのである。仕事に厳しい五兵衛は女にも手厳しく、生半可《なまはんか》な者では彼の女房は務まらないのだ。

菱屋ほどの大店《おおだな》で大番頭となれば、一軒構えていても不思議はないのだが、そんなわけで五兵衛は奥向きに広い座敷を与えられ、未だに店に住み込みをしている。

火傷の原因はおりつであった。

彼女が七歳の折、煮え滾《たぎ》った熱湯をひっくり返す粗相《そそう》をしでかし、小僧だった五兵衛が身代りになるようにしてそれを顔に浴びたのだ。

おりつは火傷をせず、その頃五助《ごすけ》という名前だった五兵衛がひっ被った形になった。

当時存命だった菱屋の四代目は、五助を秩父《ちちぶ》の実家へ帰し、見舞金としてふた親に金五両を贈った。それで厄介払いができればよいというのが、四代目の本音だった。

だが半年もすると五助は店へ戻って来て、小僧をやり直したいと願い出たのである。

奉公人が火傷を負ったから解雇した、という噂がちらほらと出始めていたし、四代目は世間体を気にする人だったので、そのことに悩んでいた。また元よりその原因は自分の娘にあるのだから、四代目は五助の申し出を断るわけにはいかなかった。

ところがそれからの五助の忠勤、精励《せいれい》ぶりは凄まじく、店の者たちは目を見張ったものだった。まるで何かの怨念《おんねん》をぶつけるかのような、仕事への打ち込みようだったのだ。

おりつは五兵衛に対し、ずっと申し訳ないという気持ちを持ちつづけていたが、生来の勝気な気性と、幼馴染《おさななじ》みとなんら変わらぬ五兵衛との関係から、あまり謝罪を口にすることはなかった。

五兵衛の方もおりつを恨む気持ちなどさらさらなく、二人の間で火傷の話が蒸し返されることはなく、それはひとつの禁忌《きんき》のようになっていたのだ。

二

晩飯が済んで、自室に籠《こ》もって帳面の見直しをしていた五兵衛が、突然険《けわ》しい表情になった。

(駄目だ、これは見過ごしにはできない)

目を怒らせ、帳面を手に自室を出ると、足音荒く廊下《ろうか》をさらに奥へ進み、おりつの部屋の前に立った。

「お嬢様、五兵衛でございます」

すると「お入り」と言うのびやかなおりつの声が聞こえ、五兵衛は挑むような目で入室した。

おりつは箱膳を前に一人酒肴《しゅこう》を楽しんでいる最中だった。二十代の頃は酒など見向きもしなかったが、三十を迎えたつれづれから、なんとはなしにたしなむようになり、今ではおりつにとって晩酌《ばんしゃく》は欠かせないものになっていた。

それが形相《ぎょうそう》の変わった五兵衛を見て、

「どうしたんだえ、おまえ」

呆気《あっけ》にとられたように言った。

髷《まげ》を島田《しまだ》に結い、瓜実顔《うりざねがお》に腫《は》れぼったいような目のおりつには、えもいわれぬ年増女の色気があった。それにお嬢様育ちの鷹揚《おうよう》さも身についている。

「これはなんでございますか」

帳面を開いて指し示し、五兵衛が嚙《か》みつくような口調で言った。

それをチラッと見たおりつが目を泳がせ、困ったような風情になる。

「この金鶏会《きんけいかい》へのお花代とはなんのことでございますか。花代にどうして十両も包まなければならないのでございましょう」

いかにおりつが菱屋の主《あるじ》でも、手許金を融通するのは勝手だが、十両もの金を帳場から持ち出すにはそれなりの名目が必要だった。それが金鶏会へのお花代では、五兵衛が納得するはずはなかった。こういうところが、やはりおりつは大まかで甘いのである。

「あのね、五兵衛、それはね……」

おりつがへどもどになる。

「納得のいく説明をして下さいまし。それでなくてはわたしは一歩も引くつもりはございませんよ、お嬢様」

「女でもわたしのような立場になると、いろいろと物入りがあるのよ。わかってておくれでないかえ、五兵衛」

「わかりませんね。そもそも金鶏会とはどんな会なんですか。先月は金鶏会に一両の花代が記され、それぐらいならと、理解できないままわたしも目を瞑《つむ》りました。しかし十両とは途方もない金子《きんす》ではございませんか」

おりつは鼻白んで、

「それぐらいの金子、自由にしても構わないでしょ。先月は五百両以上の商い高があったのよ、店は儲《もう》かってるんだから」

「お嬢様、千丈《せんじょう》の堤も蟻《あり》の一穴から崩れるのでございますよ。高々十両がやがては百両になり、金鶏会とやらへの持ち出しが嵩《かさ》んでゆけばどうなりますか。元禄以来の由緒あるこのお店《たな》も、たちまち傾くのは目に見えております」

「そんな大袈裟《おおげさ》な。百両も持ち出すことなんてありゃしないわよ」

「重ねてお尋ねします。金鶏会とはどんな集まりなんですか」

「おまえに言うつもりはないわ」

「それでは困ります。こと店の金の流れに関して、わたしは何もかも知っていなくてはなりません。いわれのない金など、あってはならないのでございます」

　追及され、おりつは腹が立ってきて、

「おまえ、誰にものを言ってるつもりなの。立場をわきまえなさい」

「いいえ、引き下がりませんよ、わたしは。いくらお嬢様が主だとしても、不正を許すわけには参りません」

「不正ですって？　何を言ってるの、おまえは。わたしが店を潰《つぶ》すようなことするわけないじゃない。言い掛かりもいい加減におし」

「お嬢様、お腹立ちはわかりますが、ともかくわたしに金鶏会のことをご説明下さい」

「もういいわ、あっちへ行って。おまえとは口も利きたくない」

「お嬢様っ」

「図に乗るな、五兵衛」

おりつが酒の入った盃を烈《はげ》しく畳に投げつけた。

五兵衛をぞんざいに扱うのは、昔からのお嬢様の時のままなのである。

三

喪服《もふく》が黒になったのは明治からで、江戸のこの頃は白であった。

死者が白い死装束《しにしょうぞく》を着せられるのはむろんのこと、参列者も白で、棺を運ぶ近親者は額に三角の布を鉢巻のように巻きつけることになっている。

その装束で町内を練り歩き、野辺送《のべおく》りをして棺を寺、あるいは自邸まで運ぶのだ。

ほ組の亀吉《かめきち》は、紙問屋井筒屋惣助《いづつやそうすけ》の百人ほどの葬列に参列していたが、沿道で見守る人のなかにお千《せん》を見かけ、列を抜けて寄って来た。

お千は喪服ではなく、普段着でいる。

そこはほ組の管轄内で、浅草瓦町《かわらまち》の大通りである。井筒屋さんの世話ンなったこともあったじゃねえか」

「おめえ、どうして野辺送りに加わらねえ。

小声でお千をなじった。

この亀吉は三十半ばの図体の大きい男で、頭《かしら》だからほ組を背負って立っているのだ。

「支度が間に合わなかったんですよ、通夜念仏《つやねんぶつ》にはきっと参りますんで」

前を葬列が行き、お千がそれに向かって手を合わせながら言った。

「そうか、ちゃんとして来るんだぞ。おめえの喪服姿が早く見てえもんだ。さぞ色っぽいだろうなあ。おれぁ押し倒したくなるかも知れねえよ」

不謹慎《ふきんしん》にもムヒヒと卑猥《ひわい》に笑い、葬列に戻って行った。

亀吉は腹はなくて気のいい男なのだが、いつもお千に卑猥な言葉を浴びせてからかうのを習いとしていた。今でいうセクハラだが、お千の方は天から気にしていない。

葬列を見送ったお千が歩きだすと、人の群れを掻き分けて南無八《なむはち》が現れた。

「姐《ねえ》さん、ちょいと」

仔細《しさい》ありげに囁《ささや》くのへ、お千は無言でうなずき、南無八を近くの顔見知りの一膳飯屋へ連れて行った。そこの奥の小上がりを借り、二人は密談に入る。

「何かわかったかい」

お千の問いかけに、南無八が答える。

「ひでえもんですぜ、井筒屋の家ンなかは。血まみれで通夜ができねえもんだから、寺でやるそうです」

「旦那さんが乱心したって聞いたけど、本当なの」

「乱心にゃ違えねえんですがね、わけがわからねえんですよ。奥方と二人の子供を道連れに死のうと思ったらしく、出刃包丁《でばぼうちょう》をふるって追いかけ廻したとか。それをみんなで止めるうちに、主はてめえで喉《のど》掻っ切って死んじまったんでさ」

「なんだってそんなことになったんだい」

お千が深刻な声になって言う。

「さあ、皆目見当も。借金が嵩んでいたとは聞きやしたが。こいつぁ無理心中の失敗ですよ」

「借金ったって、紙問屋の商いが傾いてるなんて聞いたことないよ」

「へえ、けどまあ、そうは言っても人の家の台所はわかりやせんからねえ」

「それにしても腑《ふ》に落ちないよ。大分前だけど、井筒屋さん所で小火《ぼや》を出したことがあって、その時駆けつけたあたしたちに旦那は金一封をくれたばかりか、大盤振《おおばんぶ》る舞《ま》いの宴会までやって、気のいいとこを見せるような人だったんだよ」

商家が火を出し、火消しの世話になったあとは、金一封にご馳走《ちそう》というのは常識になっていた。それを怠ると、次に不始末を起こした時、火消し連中は面倒を見てくれなくなるのだ。

南無八が訳知り顔で声をひそめ、

「人の心ンなかにゃかならず暗い闇があるもんなんですよ、姐さんにもあっしにもね」

「あたしゃないわよ。心ンなかは開いて見せたい青空だもの」

「ケヘッ、そうでしょうか」

「ちょっと、何よ、それ。おかしな言い方するじゃないか」

「このあっしの目は節穴じゃござんせんぜ」

南無八がゆすり屋のような目になって言った。

「なんだって」

「品川宿の蔭見世《かげみせ》のお清《きよ》って女郎、天狗《てんぐ》から大枚貰って大喜びだ。亭主の療治は叶《かな》うし、女郎から足を洗えて、家だって建て直すって言ってまさあ」

お千がつんと横を向いていると、南無八がさらにおっ被せて、

「それだけじゃねえ、袋田の銀蔵さんのおっ母さんにも姐さんは施《ほど》こしをしなすった」

「ああ、お辰さんのことは認めるよ。あの人があんまり気の毒だったんで、あたしが見るに見かねたんだ、ふところに持ってた自分のおあしでね。それのどこが悪いのさ」

お千の剣幕におたつき、南無八が首をひっこめる。

お千が南無八をハッタと見据え、

「あんた、それをみんな調べたのかい」

「へえ、まあ」

「お清さんに天狗様が施してくれたんならそれでいいじゃないか。あたしにゃ関わりないこった」

「そうでしょうか」

「何を言いたいのさ」

お千にキリリと睨《にら》まれると、南無八は開き直ったように、

「熱海庵《あたみあん》の親玉は水死体で浜に打ち上げられやしたが、その額にズドンと一発鉛の弾丸が撃ち込まれていたそうです。そいでもって、所持金の何十両かがなくなってたって話なんでさ。その金、いってえどこ行っちまったんですかねえ」

「だから何、あんたこのあたしを揺さぶってるつもりなの」

「とんでもねえ、姐さんのすることに文句なんかつけやしませんよ。ただね、そんな離れ業をやってのけるのはこの江戸にゃたった一人しかいねえってこってす。ピストールとやらを持ってるのもね。ですから、そのう……」

上目遣いにお千を見て、南無八がもじもじとする。

気短なお千が苛ついて、

「言いたいことがあるんならはっきりお言いよ」

「お清に施すめえにどうしてあっしに施してくれなかったのか、それが返す返すも残念でならねえんでさ……」

情けない表情を作りながら南無八が言う。

「ふん、あんたは五体満足なんだから自分で稼げるだろ。お清さんの亭主は漁に出て大怪我《おおけが》をしちまったんだよ。それに小さい子を抱えて、お清さんは家族のために好きでもない男に抱かれて、気の毒な身の上だったんだ。天狗様がそれを見て同情したのさ。それだけの話なんだから、あんたがとやかく言う筋合じゃないわよ」

「今日少しばかり施してくれやせんかね」

お千が失笑して、

「とうとう本音が出たね。だったらそんな廻りくどい話をしないでよね。あたしにおあしをせびるのはいつものこっちゃないか。まったく、人をゆするような言い方しちゃって」

ぶつくさ言いながらも、お千が財布から小粒銀を取り出して南無八に施した。

「へい、お有難うござんす」

南無八はそれを押し頂いておき、

「姐さん、これからどちらへ」

「井筒屋さんの通夜に行くに決まってるじゃないか。どうにも腑に落ちないから、いろいろ聞き込んでこようと思ってるのさ」

南無八がポンと膝を打ち、

「あっ、そうだ。通夜に行くとご馳走が食えるんだよなあ……姐さん、あっしもお供させてくれやせんか。手下ってことで」

「何が手下だい。ちゃっかりしてるね、この人は。いいよ、ついといで」

四

通夜は下谷車坂《したやくるまざか》の報恩寺《ほうおんじ》で執り行われた。

井筒屋の家のなかは惨劇の痕があまりに生々しく、また役人の検証も済んでないところから、菩提寺《ぼだいじ》に頼むことになったのだ。

通夜が湿っぽいのは当然のこととしても、主惣助の死に方が尋常ではなかったので、遺族たちも衝撃から立ち直れずにいた。

子供たちは参列させず、親戚筋が預かることになって、残された三十前の女房お力《りき》が気丈に弔問客《ちょうもんきゃく》に応対している。だがともすればお力の心はどこかに飛び、腑抜けたような瞬間があった。

お千は喪服に襷掛《たすきが》けをし、百人近い客の間を泳いで酒や料理を運んだり、相手をしたりして手伝いに余念がなかった。

そうしながら客の顔ぶれを見廻すと、南無八が職人の一団と親しくし、酒を飲んで鮨《すし》をつまんでいる姿が目に入った。

お千が近づいて行き、脅すように囁く。

「こら、無駄飯食っててんじゃないよ」

「だ、だって手下ってもんは無駄飯食うって昔から決まってるじゃねえですか」

南無八が言い返す。

「これだけの事件なんだから、少しでも惣助さんのこと聞き込むのよ。いいね」

「聞き込んでどうするんですか。姐さんは岡っ引きじゃねえんですぜ」

「あたしに逆らうのかい、あんた」

「いえ、そんなつもりは。わかりやしたよ。おおっ、こわっ」

とは言うが、南無八はあまり気乗りしない様子で、職人たちから「兄い、兄い」と呼ばれて喜び、鮨を腹一杯食べている。

お千が銚子《ちょうし》の空いたのを下げて台所へ行くと、やはり手伝いで来ている町内の商家のかみさん三人が、ひと固まりになって何やら喋っていた。

そのそばへ行き、銚子を片づけながらお千が耳を欹《そばだ》てる。

「どうしてこんなことになっちまったのか、おまえさん、知らないかえ」

「誰にもわからないのよ。あんなに奥方を大事にして子供も可愛がっていた惣助さんが、突然出刃包丁をふるうなんて今でも信じられないわよ」

「でも何もなきゃそんなことする道理がないでしょ。商いだってしっかりやってたんだから、乱心なんてするものかね」

「実は、そのう……」

一番若いかみさんが言い難そうに口を切った。

かみさん二人の視線が向けられる。

お千も背中を耳にしている。

「惣助さん、十日ほど前にうちに金を借りに来たんですよ」

「ええっ、幾ら」

「百両貸してくれって」

「法外じゃないか。貸したのかえ、お宅の旦那」

「ううん、急にそんなおあしは無理だってうちの人が断ったら、惣助さん、肩を落として帰ってったんです」

「金に困ってたのかしら」

「だって井筒屋さんの暖簾《のれん》は傾いてないはずなのよ。ああっ、ますますわからなくなってきたわ」

その時、お力の昂《たかぶ》ったような声が座敷の方から聞こえてきた。

お千がすばやく立ってそっちへ行くと、お力がお高祖頭巾《こそずきん》の女に膝で詰め寄っていた。

「帰ってくれませんか、おまえさんに線香上げて貰ったって亭主は喜びませんよ」

お高祖頭巾は二十半ばほどで、鼻が高く、面立ちの結構な女だ。それがねっとりと蛇《へび》のような目をお力に据え、

「奥様、何か勘違いなすってませんか」

「勘違いなものですか。亭主から好きなだけ大金をふんだくったくせして。おまえさんのお蔭でうちの人はおかしくなっちまったんですよ」

お力が声高になり、お千を始め、座は水を打ったように静まり返って、皆が固唾《かたず》を呑んでいる。

女は頭巾のなかで含み笑いをし、

「折角こうしておとむらいに来たのに残念だわ。大金をふんだくったなんて人聞きの悪いこと言われて、わたしの立場がないじゃありませんか」

「帰っておくれ、四の五の言わずに」

お力が睨みつけても女は柳に風で、一同に向かって目許を笑わせて頭を下げ、悠然として立ち去った。

お千が目顔でうながし、承知した南無八が女の後をつけて行く。

「皆さん、取り乱してすみません」

お力が一同に泣きっ面で詫び、耐えきれなくなったのか、逃げるようにして身をひるがえした。

お千はそのあとを追い、一室に駆け込んで嗚咽《おえつ》を始めるお力にそっと寄って、慰めるように肩に手を掛け、

「おかみさん、あたしはほ組の千と申す者です。以前に井筒屋さんで小火騒ぎがあって、惣助旦那とはその時からのご縁でした」

お力は慌てて泪《なみだ》を拭《ぬぐ》い、

「あ、はい、憶えております。その節は大変お世話に」

「今の頭巾の人、どういう方なんですか。旦那が大金を巻き上げられたって、本当のことなんでしょうか」

お力がうなずき、少しためらったのちに決意の目をあげた。

「聞いてくれますか、お千さんとやら」

「はい」

お千がぐっと表情を引き締めた。

五

それから数刻後——。

お千は南無八を伴い、村雨弥市《むらさめやいち》の行きつけの居酒屋を何軒か当たるうち、ようやく大川沿いの河岸《かし》にある「でくの坊」という店でその姿を見出した。

役所が終わったあと、他の宮仕えの役人たちとおなじように、弥市もやはりまっすぐ帰宅せずに巷《ちまた》をさまよっていたのだ。

玉暖簾をはねてなかへ入ると、弥市はお小人目付《こびとめつけ》の岡野小八郎《おかのこはちろう》と酒を飲んでいた。

岡野が友人らしいことはすぐにわかったから、お千と南無八は素知らぬ顔で近くの床几《しょうぎ》に掛けた。小女に酒肴を頼む。

弥市はお千たちを視野に入れながらも、岡野との話が尽きぬようで、

「おなじ下級者同士ではないか、そう目くじら立てずに協調し合うわけにはいかんのか」

「いいや、あいつらだけはいかんな。横暴が過ぎる。その上なぜかおれなんかより金廻りがいいんだぞ。高々三十俵二人扶持《ぶち》のくせして変ではないか、ウイッ」

「なんか裏があるんだろうよ。しかしそんな輩《やから》は放っておけ。人の幸せを羨《うらや》むのは貴様の悪い癖だ」

「かも知れんが我慢がならんのだよ。世の中は平等でなくてはいかん、ヒック」

「いいから今宵《こよい》はもう帰って寝ろ」

「うん、そうする。些《いささ》か酔ったようだ。楽しいな、お主と飲む酒は。ここの勘定、どうする」

「おのれの飲んだ分だけ置いていけ」

「払ってくれんのか」

「当たり前だ。わたしのどこにそんな余分な金がある」

「わかった、ではさらばだ」

ゆらっと立ち、小女に銭をつかませ、岡野はお千たちなど見もしないで出て行った。

「弥市っつぁんにあんなご友人がいたなんて思いもしませんでしたよ。頼りないように見えますけど、いい感じの人じゃないですか」

お千が言うと、弥市は二人の方へ躰の向きを変え、

「岡野小八郎と申し、わたしとおなじ下級者で、お小人目付をやっている。あいつとは親父同士が友人で、われらも竹馬《ちくば》の友なのだ」

「なんだか知らねえがボヤいてましたよね、今の人」

南無八が言う。

「横暴な伊賀者《いがもの》がいるらしいのだ。あいつの不平不満はしょっちゅうだから、もう耳にタコだよ」

それより今宵は何用だと、弥市がお千に話の水を向けた。

お千が口を開こうとすると、そこへ酔った馬喰《ばくろう》の連中が大挙して入って来た

ので、三人は奥の小座敷に移動した。小女が三人の酒肴を持ってついて来る。そこだと喧騒も届かなかった。

「実は弥市っつぁん、ちょいと気になる事件が」

お千がお力から聞いた話を語りだし、弥市が身を乗り出した。

それによると、こうである。

浅草瓦町の紙問屋井筒屋惣助は、一年前から金鶏会という奇妙な会に参加し、店の金を熱心に注ぎ込むようになった。初めの半年ほどは女房のお力は何も知らなかったが、番頭から不審を聞かされ、驚いて惣助に問い質《ただ》した。

悪びれた様子もない惣助の説明によると、金鶏会は金《きん》の採掘《さいくつ》を目的とする会で、今は信州《しんしゅう》（長野県）の山奥でその作業に当たっている。ひと山当てれば莫大な利益が見込まれるから、金鶏会は有力商人に次々に声を掛けては資金を集めているのだという。

ひと口十両で金鶏会のお墨付《すみつき》（社債）を買えば、元金保証で数カ月で一割の利益金（配当）を支払うというものだ。

惣助は最初は半信半疑でひと口だけ買ったのだが、すぐに利益金がついて一両が払われた。

それでこの投資話にすっかり夢中になってしまい、さらに九口を追加して買うと、半年ほどして九両の利益金を手にすることができた。百両で十両の利益なのだ。

そうなると惣助は歯止めが利かなくなり、これまでに三百両もの大金を、高利貸しから借金をしてまでして、金鶏会に注ぎ込むようになった。

そこまでの説明でお力は不安を抱き、手を引くように言ったものの、欲に目の眩んだ惣助は何を言っても聞く耳を持たなくなっていた。今やめれば三百両は戻らないのだ。そしてこの先利益金が順調にもたらされれば、黒字に好転するはずだと言い張るのである。

やがてその惣助の顔色がしだいに優れなくなり、借金のための借金を繰り返すようにまでなった。

再びお力が問い質すと、近頃になって、金鶏会の利益金が払われなくなり、いくら催促してもなしのつぶての有様なのだという。店に借金取りが次々に来るようになり、井筒屋の内証《ないしょ》は火の車であった。

十日ほど前から、惣助は高利貸しばかりでなく、町内の懇意《こんい》にしている商家まで訪ね歩いて借金を頼んでいた。だが日頃は仲良くつき合っているつもりでも、こと借金となると誰もが難儀を示し、どこでも用立てることはできなかった。

惣助は徐々に追い詰められ、げっそりとやつれてあらぬことまで口走るようになり、冷静さを欠いていった。

惣助の様子に拍車がかかり、異常なものになっていったのは数日前からで、すべての来客が借金取りに思え、見知らぬ人に怒鳴るような始末だった。

そして二日前、やくざまがいの借金取りが来て、遂《つい》に惣助は切れて逆上した。出刃包丁を取り出してその借金取りに切りつけ、逃げられるや、血走った目で妻子にその矛先《ほこさき》を向けて襲いかかったのだ。店の者全員で止めに入ったが、惣助はやおらおのれの喉を包丁で掻っ切ったのである。

話を聞き終えると、弥市はやるせないような溜息をついて、

「その金鶏会だが、どういう連中がやっているのだ」

お千が眉を寄せて、

「それが正体不明なんですよ。通夜の席に現れた女をおかみさんは以前に何度か見かけていて、それでなじったんですけど、ほかの奴らには一人も会ってないと言うんです」

「その女のあとをつけたんですがね、途中でまかれちまいましたよ」

南無八がお千の顔色を窺《うかが》いながら、申し訳なさそうに言う。

「あんたもドジだねえ、どうしてまかれたんだい。はなっから気づかれてたのかい」

「へえ、どうもそうらしいんで……」

「井筒屋が金鶏会と会う場所は」

「それもどこで商談をまとめているのか、知っているのは惣助さんだけだったらしいんです」

「うむ……」

弥市が唸《うな》った。

南無八は解《げ》せない顔で、

「村雨様はどう思いやすね、この一件」

「どうもこうもないよ。騙《かた》りの一味に決まっておろう。信州で金《きん》を掘ってるなんて嘘八百もいいとこだ。お上の目を盗んで勝手にそんなことできるわけがないぞ」

お千が一点を凝視して、

「こうして犠牲者が出た以上、見過ごしにはできませんよね。放っといたらまた第二第三の井筒屋さんが……」

弥市が目を光らせ、

「こういう悪党退治ならわたしの希《のぞ》むところだな。完膚《かんぷ》なきまでに追い詰めて、壊滅させてやろうではないか、お千」

お千が得たりとなり、無言でうなずいた。

六

大番頭の五兵衛ほどになると、店に出ることは滅多になく、自室に籠もって帳面調べなどをしていることが多い。

今はおりつが帳場の金を持ち出さないように目を光らせているから、ことさら調べものは念入りになっている。

あの日以来おりつは鳴りをひそめていて、外出もなく、家でおとなしくしている。五兵衛と顔を合わせてもプイと横を向き、ろくに口も利かない。

しかしどんな仕打ちをされようが、このままおりつが金鶏会と切れてくれればいいと思っているから、五兵衛はなんとも思っていないのだ。

というより、幾つになってもおりつは昔のお嬢様のままでいるので、むしろ五兵衛としては、そこに妙な安堵《あんど》とやすらぎを覚えるのである。

（おりつお嬢様は、ずっとお嬢様のままでいて欲しい）

それが五兵衛の願いであった。

十二で顔に火傷を負ってからというもの、五兵衛の内面の葛藤《かっとう》は凄まじく、ふつうの人の平凡な日常からは縁遠くなり、人後に落ちないようにと歯を食いしばって生きてきた。

その甲斐《かい》あって現在の立場を得られたのだが、紆余曲折《うよきょくせつ》の末、むしろ今の五兵衛は三十五にして老成の域に達したのかも知れなかった。つまりものごとを達観して見られるようになったのだ。

人というものは進歩を遂げ、熟したあとには老成が待っているもので、だからおりつを見守る五兵衛の目は、時に父親のように慈愛に満ちたものになることもあった。

五兵衛は人として老成し、おりつは進歩が止まり、変化しなくなった。

それだけに、おりつから目の離せない五兵衛なのである。

「五兵衛さん、よろしいですか」

二番番頭の蓑助があたふたとした様子で入室して来た。その顔色が尋常ではない。

五兵衛を大番頭と言わず、名で呼ぶのは二番番頭に限られていた。商家というものは秩序を重んじる世界なのだ。

「何かあったのかね」

五兵衛が問うと、蓑助は膝行《しっこう》して声を落とし、

「お嬢様が妙な動きを」

「どうした」

「朝から小間物屋やら古着屋なんぞを次々に呼び入れ、お身の周りのものを売り払って金に換えてるんでございますよ」

三十前後の蓑助は五兵衛の忠実な家来のようなもので、五兵衛に言われておりつの行動を見張っているのだ。

「どれくらいの金子だい」

「商人たちが出て来るのを待って、何を幾らで買ったのかを問い質《ただ》しましたら、締《し》めて二十両ほどに」

「二十両……」

五兵衛は暗然とした思いになった。

帳場の金に手を付けると五兵衛がうるさいから、おりつは身の周りのものの切り売りを始めたのだ。

「お召し物のなかには亡きお父様やお母様の買って下すったゆかりのものもかなりございまして、また飾り物なんぞは以前のご亭主からの贈り物も混ざっておりました」

「それで二十両か」

「やはり五兵衛さんが言われたように、お嬢様は金鶏会とやらに貢《みつ》ぐおつもりではございませんかな」

「そうかも知れない、よく教えてくれた」

そこで五兵衛は長火鉢の引出しから数十枚の小判を取り出し、二十枚を数えて蓑助に渡すと、

「小間物屋、古着屋、みんな追いかけてお嬢様が売り払ったものをこれで取り戻しておくれ」

「は、はい、承知しました」

二十両をふところに収め、蓑助が立ち去ると、入れ違いに三番番頭の岡七《おかしち》が慌ただしく入って来た。

この男は三十前で、やはり五兵衛に言われておりつを探っていたものだ。

「大番頭様、お嬢様が着飾ってどこかへお出掛けになるようでございますよ」

「なに」

「何やら浮きうきなされておられます」

「そうか、わかった」

五兵衛がサッと立って、手早く出支度を始めた。

七

金鶏会からいつもの利益金が得られれば、辻《つじ》が花《はな》や寛文《かんぶん》小袖が手に入る。もっと高価な慶長《けいちょう》小袖でさえ夢ではない。

金襴《きんらん》や緞子《どんす》繻子《しゅす》の帯も締めてみたいし、それどころかギヤマンの玉かんざし、黄楊櫛《つげぐし》なんぞも欲しい。化粧品も遠く京のものを取り寄せて、そこいらの女たちとは一線を画したい。

贅沢《ぜいたく》といわれようがなんといわれようが、自分は定紋の花菱の小袖上下を許された菱屋の娘なのだから、それにふさわしい身装《みなり》でいなければいけない。元禄の世の柳沢吉保様の優雅を、現世にも引いてみたい。

自尊心をそのように満足させて生きて行きたいと、五兵衛ら奉公人の商いの労苦など思いやりもせず、おりつは身勝手な妄想を膨《ふく》らませながら、楽しい気分で本所から下谷方面へ向かっていた。

風のない日盛りは日傘《ひがさ》が頼りで、歩いているとじっとりと汗ばんでくる。

今日売り払った衣類や飾り物には、なんの未練もなかった。

おりつは父や母、亡き亭主の思い出などを後生大事にするような女ではなく、前へ前へと進むのが好きだった。どんなものごとでも立ち止まってふり返ることが嫌いなのだ。

それは三十も過ぎたのにどこか若い心を多分に残し、またそれをよしとしていて、そんなおりつの気質は世間並の年増女とは違うものだった。見果てぬ夢を追うというほどではないにしろ、いつまでも心浮かれていたいのである。

蝶よ花よで育っただけに、非現実な世界が彼女の住処《すみか》だった。その浮き世離れしたところは、子を生していないせいもあるのだろうが、彼女の母親もこんなふうだったのだ。

それでも亡き亭主のことを思うと、おりつは少しだけ心が痛んだ。

亭主は忠治郎《ちゆうじろう》という名で、入り婿になるだけあって影の薄い男であった。父親は名うての蠟燭職人で、尾張家《おわりけ》御用を仰せつかるほどの男だった。だが倅《せがれ》の忠治郎は臆病で覇気《はき》がなく、善良だけが取り柄で、ほかに見るべきものは何もなかった。

そんな忠治郎に愛情を持てるはずもなく、おりつは終始お高く止まって胸襟《きようきん》を開こうとはしなかった。

三年の夫婦生活で同衾《どうきん》したのは数えるほどで、しかも忠治郎はおりつに女の喜びを与えるまでもなく、いつもすぐに果てた。胸襟を開けない原因のひとつには夫婦生活の不満もあったのである。それも最後の一年は忠治郎は病臥《びようが》してしまったから、夫婦生活の密度そのものも薄かったのだ。

ずっとそうやって共に歩んできて、死ぬ段になり、忠治郎はどれだけおりつを好きだったかを初めて打ち明けた。十代の頃からおりつに憧《あこが》れていたという。蠟燭問屋という商売上、おりつは忠治郎を子供の頃から知っていた。その時から忠治郎を見てもときめくものはまったくなかった。

告白を受け、おりつはちょっぴり自分が不遜《ふそん》だったことに気づいた。束《つか》の間《ま》反省もしたのだ。

だから忠治郎の死を目の前にした時、あらん限りの声で泣いたので、周囲の人々の泪を誘った。その姿はあたかも強い愛情関係に支えられた夫婦に見えたのかも知れなかった。

とむらいの夜には美しい喪主として、憂いに沈んだ様子で弔問客の対応をしていたものの、しかし心のなかでは別のことを考えていた。別のこととは、やはり新しい小袖やかんざしを追いかけていたのだ。

おりつがそのようにして生きていられるのは、ほかならぬ五兵衛ら店の者たちのお蔭なのだが、彼女にはその有難味はわかっていなかった。

帳場の金子に手を付けると五兵衛がうるさいから、とりあえずの二十両は衣類や飾り物を売って賄《まかな》った。だがこの先金鶏会から利益金さえ出れば、誰にも文句は言わせぬつもりだった。

五兵衛のことを考えると無性に腹が立ったが、彼に関しては感情を殺し、おりつは心に蓋《ふた》をするようにしている。

五兵衛の言うことはいつも正論で、ご説ごもっともだから抗する術《すべ》がないのである。自分の躰のなかにわがままの虫が住んでいて、時にそれをおりつ自身でさえ持て余すこともあった。

それに五兵衛がいなくては菱屋が成り立たないことも、おりつにはわかっていたのだ。

それだけに——。

（畜生めえ、五兵衛の奴……）

五兵衛に対して、おりつはいつもそうした憤懣《ふんまん》を抱えているのだ。

そんな得手勝手《えてかつて》なおりつだから、五兵衛が後をつけて来ていることなど夢にも知らなかった。

五兵衛は尾行しながら、おりつがなぜこんな下谷界隈《かいわい》をうろついているのか腑に落ちぬ思いで、すぐにでも取り押さえて父親のように説教をしたくなる気持ちを抑えた。

向柳原《むこうやなぎわら》へ入るとまっすぐ北へ向かい、三味線堀《しやみせんぼり》を通り過ぎて、おりつは下谷七軒町《しちけんちよう》へ入って行く。

そこいらは大小の武家屋敷が並んでいて、大は七千坪（約二万三千平方メートル）弱の下野烏山藩《しもつけからすやまはん》上屋敷、あとは小旗本、御家人のものだ。

やがてとある武家屋敷のなかに、おりつの姿は消えた。小旗本が住む程度の五百坪（約千六百五十平方メートル）ほどの規模だ。

潜り戸から邸内へ入って行ったおりつの様子は、勝手知ったものだった。

屋敷の門扉《もんぴ》は固く閉じられ、土塀は苔《こけ》むして、庭木の手入れもおろそかにされた感があった。なかから人の気配は伝わってこない。

五兵衛は屋敷へ近づいて茫然《ぼうぜん》と見廻し、さらに怪訝《けげん》な思いひとしおとなった。こんな武家屋敷と菱屋に、なんのゆかりもあろうはずもなかった。

その屋敷の主が何者なのか、五兵衛は界隈で聞いてみようと思った。

八

「ゆら様、まずはこれをお収め下さいまし」

おりつが言い、袱紗包《ふくさづつ》みの二十両を取り出すと、ゆらと呼んだ女の前に差し出した。

そのゆらこそ、井筒屋の通夜の席に現れたお高祖頭巾のあの女であった。

今は頭巾を取り外し、ゆらの年は三十近くで面立ちよく、御殿風の豪奢《ごうしゃ》な衣服を身にまとい、またそれがよく堂に入って威厳さえも漂わせている。

「まあ、いつもながらりつ殿はご熱心でございますこと。あなたのような御方《おかた》がおられるお蔭で、金鶏会はめざましい発展を」

「いいえ、そんな」

「今後とも、どうかよしなに」

「ええ、わかってますわ。できる限りお力添えをさせて頂きます」

そこでゆらは事務的な口調になり、

「先だっての十両、それに最初の十両と合わせてこれで四十両に相なります」

「はい」

最初の十両というのは手許金からおりつが出したもので、それは五兵衛の知らない金であった。それにはすぐ利益金が出て、一両を受け取り、おりつは有頂天《ちょうてん》になった。その後花代という名目で帳場から一両を持ち出したのは、このゆらにおりつが感謝のつもりで心付けを上げたものだった。

「お預かりした金子はあくまで元金保証を致し、そのつど金鶏会のお墨付を。ひと口十両ごとに一割の利益金も、今まで通りです」

おりつはうなずいておき、

「あのう、信州の方の金《きん》はどうなってるんでしょう。鉱脈とやらは見つかりましたか」

そう聞かれると、ゆらは言葉を選ぶようにしながら、

「ええ、それがなかなか……でも金鶏会は屋台骨《やたいぼね》がしっかりしておりますから、ご心配には及びませんよ」

「ひとつ聞いてもよろしいですか」

「はい」

「それって、どんな屋台骨なんでしょう。たとえばですね、名のある人が後ろ楯になっているとか」

ゆらは曖昧《あいまい》な笑みになって、

「まっ、その辺はあまり詮索《せんさく》なさらないで下さいまし……ああっ、そうでした、忘れるところでした」

少しお待ちをと言い、ゆらが立って座敷から出て行った。

おりつは所在なげに座敷を見廻している。

武家屋敷だからどっしりとした造りで、おりつは最初は威圧感を覚えたが、何度かここへ足を運ぶうちにそれにも馴れた。今こうして改めて眺めていると、

人の住んでいる様子もなく、まるでお化け屋敷にでもいるような不気味さを感じた。

しかしそこのところを深く考える女ではないから、おりつは武家屋敷とはこんなものかと思い、気にもしていない。

ゆらが戻って来ると、おりつに一両を差し出した。

「りつ殿、二度目の十両の利益金です。お受け取り下され」

「ええっ、よろしいんですか」

「約束ではございませんか」

「有難う存じます、頂戴します」

おりつが喜色を表し、一両を手にした。

二十両を差し出して一両を得る、得をしたのか損なのか、よくわからなくなってきた。

「りつ殿、次はいつお見えに」

ゆらがねっとりした目で問うた。

「そうですねえ、またひと月ほどして」

「ではひと月後の今日ということに致しましょうか。お待ちしておりますよ」

おりつが立ち去ろうとすると、ゆらが呼び止めた。

「りつ殿」

「はい」

「くれぐれも申しておきますが、金鶏会のことはご内聞に願いますよ。人に話して貰っては困るのです」

「ええ、それはよく」

「こんな結構なお話が世間に伝わると、どんな噂を立てられるか知れたものではございません。そうなりますと、わたくしどもが大変迷惑を致します。よろしいですね」

「大丈夫です、ご安心を」

おりつが出て行くと、ゆらは「ふうっ」と大きな溜息をつき、行儀悪く膝を崩して両の足を投げだした。威厳のある武家女はこの女の芝居なのである。

そうしてゆらが窮屈そうな襟元を広げ、扇子《せんす》を煽《あお》いで胸元に風を送っていると、隣室から静かに一人の武士が入って来た。

二人がギロリと見交わし合う。


「それじゃ、これで」

武士は着流しに黒羽織、佩刀《はいとう》した小役人の身装で、四十がらみのその男は皿《さら》尾軍八《おぐんぱち》といい、かまきりに似た面相をしていた。

それがゆらのそばに座り、

「いやあ、おめえのしべえのうまさにゃめえったぜ。本物の武家女が喋《しゃべ》ってるように聞こえるもんなあ」

崩れた言葉遣いで皿尾が言うと、ゆらは鼻で笑って、

「伊達《だて》に芝居小屋で働いていないものね、あたしゃ。こんなのは朝飯前さね」

「おめえが表看板なんだ、これからもしっかり頼むぜ」

「任しときな」

「今後も馬鹿商人《あきんど》を手玉に取って、搾《しぼ》り取るだけ搾り取ってやる。悪いのは欲にからんだ奴らの方なんだからな」

「そうとも。今の菱屋なんて馬鹿の見本みたいなものさ。あの女、着飾ることしか頭にないんだから嫌ンなっちまうよ。あたしゃ悪いことしてる後ろめたさなんてこれっぽっちもないね」

「どうした、暑いのか」

ゆらは胸元をさらに広げていて、皿尾がその白い谷間を好色そうに覗きなが

ら言った。

「うふっ、わかってるくせに」

ゆらがしなだれかかり、皿尾がその胸元に手を差し入れた。

ゆらの口から甘い吐息が漏れる。

そこへ廊下から荒々しい足音が聞こえてきて、二人はサッと離れて取り繕《つくろ》った。

入って来たのはよれよれの黒衣を着た蒲生鉄心《がもうてっしん》という願人坊主《がんにんぼうず》で、剃髪《ていはつ》した頭はてらてらと光り、蛸入道《たこにゅうどう》のような異様な顔つきをしている。

「おい、マズいことになったぞ」

鉄心が言うと、皿尾は目を険しくして、

「どうした、何があった」

「今の菱屋の後家のあとをつけて、大番頭の五兵衛というのがここを嗅ぎつけおったわ」

一味はおりつという獲物だけでなく、その身辺の人間のことも調べ上げ、熟知しているのである。

「確かにマズいな、そいつぁ」

皿尾が低い声でつぶやいた。

「一応杉作《すぎさく》につけさせてはおいた。五兵衛がすぐにどうこうすることはないと思うがの」

一味にはもう一人、杉作という男が仲間にいるのだ。

「したが油断はできんぞ。大番頭はいつお上へ駆け込むか知れたものではない。折角うまく事を運んできたというに、上手《じょうず》の手から水が漏れてはいかんのだ」

「わかった、おれがなんとかすらあ」

「どうする」

「知れてるじゃねえか」

皿尾がバッサリ人を斬る手真似《てまね》をすると、ゆらが目を見開いて息を呑んだ。

「嫌だよ、おまえさん。人殺しはしないって言ったのに」

「おれだって人殺しは好きじゃねえさ。けどここまできて、こんなうめえ話をやめるわけにゃいかねえんだ」

九

杉作というのはまだ若く、二十を出たばかりで、堅気《かたぎ》のお店者《たなもの》を装って月代《さかやき》をきれいに剃《そ》り上げ、地味な木綿《もめん》の着物に身を包んでいる。

あくまで偽装なのだが、杉作はお店者の姿がよく似合って、本物の手代に見えないこともない。目鼻がちまちまとして小さく、うらぶれた哀れな鼠《ねずみ》のような男だ。

その杉作がたそがれ迫る深川の盛り場を、まるで道に迷ったようなオドオドとした表情を作り、ほっつき歩いている。

ふところには金鶏会一味の分け前として得た小判が唸っており、これから杉作は岡場所の女郎を泣かしに行くつもりになっている。

その外見からは計り知れないが、杉作は十三の時から人のものを盗んだり騙《だま》したりして悪行を重ねており、今ではいっぱしで、おとなしそうな顔つきとは逆に腹のなかは真っ黒な男なのだ。

八幡宮《はちまんぐう》の人混みを歩いていると、見知らぬ女がすり寄って来て、いきなり杉作の袖を引いた。

ふり向いた杉作が女の顔を見て、思わずごくりと生唾《なまつば》を呑んだ。

いつもの女郎たちと違い、女は輝くほどに美しく、江戸前の小股の切れ上がったすこぶるつきの別嬪《べっぴん》ではないか。

黒小袖を着たお千である。

「お兄さん、どこ行くのさ」

別嬪らしくない蓮《はす》っ葉《ぱ》なもの言いで、お千が言った。

杉作はどぎまぎとして、

「え、どこって言われても……どちらさんでしたっけ」

「会うのは今日が初めてよ。千と呼んでおくれな」

「お、お千さん、あたしになんの用ですか」

「あたしといいことしない？」

お千が色っぽい目になって、いきなり言った。

「い、いいことって……」

杉作はうぶな若者のふりをしながら、陰険そうな目で、お千をすばやく上から下まで眺め廻した。お千の方が少し背が高く、器量もその肉体も、申し分なかった。

「いいことって、どんな？」

「惚《とぼ》けなさんな、わかってるくせに」

「だったら、してもいいですけど」

「じゃ、ついといで」

「どこ行くんですか」

「悪いようにはしないわよ。文句があるんなら結構だけど」

「いえいえ、ついてきます。離れません。案内して下さい」

お千がサッと身をひるがえし、杉作が慌てて後を追った。

今宵はとんでもない幸運にありつけそうな気がしてきて、杉作はまた生唾を呑んだ。

首尾《しゅび》がよかったら、皿尾軍八、蒲生鉄心、ゆらに自慢するのが楽しみになってきた。

十

つづけざまに平手打ちにされ、杉作はぐらっとよろめいて倒れそうになった。それでも懸命に踏み止まり、小悪党の本性を剝《む》き出しにした顔でお千のことを睨むと、

「何するんだ」

凄んでみせた。

盛り場からほど近い廃屋《はいおく》に連れ込まれ、そこでいいことをするのかと思ったら、いきなりのお千の乱暴だった。

「自分の胸に聞いてみな」

烈しい口調でお千が言う。

杉作はせせら笑って、

「なんか勘違いしてねえか、あんた。どうやらこいつぁ人違いのようだ」

「人違いなものか。おまえに辿《たど》り着くまで、泣きの泪で暮らしてる人たちの間を聞き廻って、ひと苦労したんだからね。え？ 杉作」

名を呼ばれるや、杉作がサッと警戒の目になった。

「金鶏会の誘い出し役なんだろ、おまえ」

「うっ」

ズバリ言われ、杉作が言葉に詰まった。

「そうやってもっともらしい堅気にこさえて信用させといて、ちょっとした物持ちに近づいちゃうまい話を持ち込む。ひと口十両、元金保証、それに一割の利益金を餌《えさ》にして何人の人を騙したのさ。なかにゃ乱心して死んじまった人もいるんだよ。こんなひどい話はありゃしない。一味はどんな顔ぶれなのさ。さあ、何もかも白状おし」

杉作の顔にふてぶてしい笑みが浮かんだ。

「おめえさん、何者なんだい。お上の人にゃ見えねえけど、どうしてこんなことをしてるんだ。おいらなんかとっちめたって一文の得にもなりゃしねえだろうが」

お千の顔には冷笑だ。

「それともその乱心した人とやらの、家族にでも頼まれてやってるのかい」

「誰にも頼まれてなんかいないさ。これ以上放っとけなくてね、おまえたちを獄門《ごくもん》に送ってやるつもりだよ」

「冗談じゃねえ、獄門なんてまっぴらだぜ」

杉作が殴りかかった。

すると背後からそのふり上げた拳《こぶし》が捉《とら》えられ、ぐいっとねじ曲げられた。

「あっ、くっ」

痛みに杉作が見返ると、拳を捉えて弥市が立っていた。今宵は役所へ行く姿ではなく、黒無紋の着流しになっている。

「な、なんだ、てめえは」

「こっちも一味なのだ。おまえたちのような極悪非道が許せなくてな、天の導きによって動かされている」

「て、天の導きだと？」

「そうだ。天におわす御方が、おまえたちを懲《こ》らしめてやれとの仰せなのだ」

「ふざけるな」

「黙れ、往生際《おうじょうぎわ》はよくした方がよいぞ。でないとわたしは何をするかわからん男だ」

「しゃらくせえ」

杉作がもがいて暴れる。

弥市は力を籠めて杉作を押し倒し、馬乗りになって容赦《ようしゃ》なく鉄拳をふるった。

お千は小気味よさそうにしゃがんで見ている。

「ああっ、くそっ、やめろ」

たちまち杉作の顔面が血まみれになり、前歯が折られてゲボッと吐血した。

それでも弥市の鉄拳制裁はやまず、杉作は耳が聞こえなくなり、泣き叫び、悶《もだ》え苦しんでいる。

「どうなのさ、白状する気になったかい」

お千が迫った。

「じゃかあしいや」

突っ張って吠えた杉作が、次には殺されそうな絶叫を上げた。

杉作の鼻の骨が折られたのだ。

「うぎゃあっ」

顔を押さえて杉作が転げ廻る。

弥市は杉作から身を起こして離れ、お千と共に見守った。

「てめえら、よくもこんなひでえことを」

杉作が泪で訴える。

「当然の報いであろうが。おまえたちはこれまでにどれだけの人を泣かせたと思っているのだ。その罪万死《ばんし》に値するとは、まさにこのことだぞ」

弥市が怒号した。

杉作は必死で這《は》いずり廻り、悪足掻《わるあが》きをしてバタバタと戸口へ逃げようとする。

お千が問答無用に近づき、着物の裾をまくって杉作の横っ腹にドスンと蹴りを入れた。

痛みに杉作が呻《うめ》く。

「さあ、何がなんでも一味のこと、白状して貰うよ」

「し、死んでも言うもんかよ」

「おや、そうかい」

お千が杉作に屈《かが》み、ふところから何やら黒いものを取り出した。

そして杉作の口が強引にねじ開けられ、リボルバーの銃口が押し込まれた。

カチリ。

撃鉄が起こされる。

「うぐっ……」

杉作は蒼白になり、生きた心地がしなくなった。ガタガタと震えがきて、小便もチビりそうになった。

十一

翌日も晴天で、樹木のなかでは早くも蟬《せみ》の声頻《しき》りである。

弥市から湯島天神へ呼び出された岡野小八郎が、境内《けいだい》に突っ立ってキョロキョロと見廻していると、一方からお千と弥市が現れた。

岡野が駆け寄り、お千に目礼しておき、

「なんだ、急な呼び出しだな」

弥市に言った。

「お主に聞きたいことがある」

「どんなことだ」

その前にと言い、弥市がお千のことを引き合わすと、

「知ってるよ、この人はでくの坊にいたではないか」

岡野が言い、お千が目を見張った。

あの時はお千のことなど一瞥《いちべつ》もしなかったのに、岡野はちゃんと記憶していたのだ。さすがお小人目付だと思った。

三人は茶店の床几に掛けると、

「実はちょっと悪い奴を追っていてな、どうやらその首魁《しゅかい》らしき男の正体がわかったのだよ」

「待て待て、悪い奴を追っているとはどういうことだ。われら目付方ならともかく、天文方のお主がどうしてそんなことをしている」

弥市が言いづらそうに、

「少しばかりわけがあって、なりゆきでそうなった。仔細《しさい》は勘弁してくれ」

口を濁した。

岡野は十分には納得しないまま、

「ふむ、わかった。して、首魁とはどんな奴だ」

「でくの坊でお主は伊賀者のことを口にしていたな」

「ああ」

「首魁は明屋敷番《あけやしきばん》伊賀者組頭のお役に就いている。手下を捕えて口を割らせたのだが、首魁は身分は明かしたものの、名乗らんらしいのだ」

「明屋敷番伊賀者組頭か……そ奴は立場を利用して悪事を働いているのだな」

「そうだ」

そこでお千が身を乗り出し、

「一味は下谷七軒町のお屋敷を使ってるんですよ、岡野様」

「下谷か。その受持ちなら皿尾軍八という男だ」

岡野が弥市を見て、

「わたしがほざいていた男がまさにその皿尾軍八なのだ。金廻りがよくて威張りくさった嫌な奴さ。奴はいったいどんな悪事を」

それにはお千が答えて、

「金《きん》の採掘を名目にして商人にうまい話を持ちかけ、騙くらかして大金をせしめてるんです。金子を取られてにっちもさっちもゆかなくなった人が、下谷のお屋敷を訪ねるとどろんして誰もいないとか。なかには乱心して死んだ人までいる始末なんです」

「なるほど。下谷には幾つか明屋敷があるからな、そこをうまいこと渡り歩くようにして使っているのであろう」

明屋敷というのは、ご府内で大名や旗本家が屋敷替えになったり、あるいは改易《かいえき》されたりし、空になった屋敷を監理するお役で、これには組頭が三人、その下に平の伊賀者たちが配されていた。

伊賀者といっても戦国時代のそれとは異なり、忍びの技などは必要としない三十俵二人扶持の、ただの下級武士の集団なのである。

「うむ、だとしたらこれは由々《ゆゆ》しきことだぞ。よし、わたしも手を貸そう」

「それには及ばん。わたしたちでなんとかする。お主は手を出すな」

「いや、しかし……」

お千がやんわりと、

「ほかのお仕事に差し支えますよ、岡野様。大変役立ちました、有難うござんす」

「そ、そうか、残念だな」

お千が岡野に一礼して先に行き、そのあとにつづく弥市を岡野が捉えて、

「おい、どういう関係なんだ」

「なんのことだ」

「お千さんだよ、ただならぬ仲なのか」

弥市が空惚けて、

「そんなんじゃないよ、妙に気を廻すな。あの人とは一線を引いている」

「本当か」

「疑るのか」

「ま、まあよかろう。では行け」

「うむ」

弥市がお千と立ち去った。

「あの野郎、いったいどこであんないい女と……畜生めえ」

岡野が面白くない顔になってほざいた。

十二

その夜、菱屋の奥の間では――。

五兵衛が厳《いか》めしい顔でおりつに詰め寄っていた。

「お嬢様、悪いこととは承知の上で、わたしは昨日お嬢様の後をつけさせて貰いました」

「ええっ」

おりつが狼狽《ろうばい》して、

「つ、つけたって、どういうことなの。おまえはなんだってあたしのことをそんなに。放っといて頂戴」

「そうは参りません。お嬢様は三十路《みそじ》を過ぎてもまだ娘をやってるんですから、目が離せないんでございますよ」

「おまえ、これ以上出過ぎたことをすると怒るわよ。分をわきまえなさい」

五兵衛は頑固《がんこ》に言い募って、

「下谷のあのお屋敷のことを聞いて廻りましたら、あそこは明屋敷で誰も住んでないそうではありませんか」

「えっ、空家だったの、あそこ」

何も知らないおりつの間抜けな答えだ。

「左様でございます。そんなことも知らないで、誰と会ってたんですか。幽霊と密会してたんじゃございますまいな、お嬢様」

五兵衛の火傷の頬に皮肉な笑みだ。

「誰とって、おまえは知らないけどれっきとした人よ」

「そのれっきとした人がどうして明屋敷なんぞで。どんな御用があって出向かれたんですか。例のお花代と関わりがあるんですね」

おりつが追い詰められて、

「そうよ、金鶏会よ。そこにお金を預けると一割の利益金を貰えるの。騙りなんかじゃないわよ。これまでにも沢山《たくさん》貰ってるんだからね」

「恐らくそれは最初のうちだけなんでございましょう。あるところまで吸い上げたら、そういう連中は姿を消すに決まってるんです。もっともらしく明屋敷なんぞを使って、それも舞台装置みたいなものなんでございましょう。結局は騙されたことになるんですよ、お嬢様」

「ほかの人はどうか知らないけど、あたしはそんな目には遭わないわ」

「利益金を貰ってなんに使ってたんですか」

「着飾ることに決まってるでしょ。だっておまえは満足にお金をくれないじゃない」

「お嬢様の浪費癖につき合っていたら、たちまちお店は潰れてしまいます」

おりつはなんとか五兵衛を説得しようと、

「だから金鶏会なのよ。うまい手を考えたでしょ。もう帳場の金には手をつけないから、あたしの好きにさせてよ、五兵衛」

「いけません。金鶏会とは手を切るんです。身を滅ぼす元じゃございませんか。いい年してどうしてそれがわからないんですか、お嬢様は」

「おまえに何を言われようが、あたしは聞く耳持たないの。さあ、お酒飲むんだから向こうへ行ってよ。おまえがいると折角の晩酌がマズくなるわ」

「こうなったら、わたしが」

五兵衛がスックと立ち上がった。

おりつが慌てて、

「ど、どうするつもりなのよ、五兵衛」

「あの幽霊屋敷へ乗り込んで、お嬢様ときっぱり手を切って貰うよう、談じ込んで参ります」

「待って、それはやめて」

おりつが止めるのも聞かず、五兵衛は足音荒く出て行った。

おりつはうろたえ、困り果て、晩酌どころではなくなって、急いで身支度を始めた。

十三

向柳原まで来て、向こうに七軒町の灯が見えてきたところで、五兵衛はぐっと腹に力を入れるようにして踏み出した。

辺りは夜霧がかかって真っ暗で、人っ子一人いない。

その霧を払うようにして、三つの黒い影が不穏な様子で現れた。

皿尾軍八、ゆら、蒲生鉄心である。

五兵衛がギョッとして立ち止まった。

「おい、番頭、何しに来やがった。てめえなんぞの出る幕じゃねえぞ。引っ込んでろよ」

皿尾が睨《ね》めつけながら言い放った。

五兵衛はたじろぐが、おりつのためを思って心を強くし、

「金鶏会をやってるのはおまえさん方だね。ここまで出向いてくれたんなら話が早い。うちのお嬢様とは手を切ってくれませんか」

「ふざけたことを」

皿尾がせせら笑って、

「おめえが来たんでこっちも大助かりだ。おれたちの邪魔をする奴にゃ用はねえのさ」

皿尾が刀の鯉口《こいぐち》を切り、鉄心も六尺棒をおっ立てた。

「ゆら、おめえは目を瞑ってろ」

皿尾が勢いよく抜刀した。

ゆらは両手を顔に当てて目を隠す。

皿尾と鉄心がじりっと迫り、五兵衛は青褪《あおざ》めた表情で後ずさった。

「うぬっ、死ね」

猛然と斬りかかった皿尾が、次にはくぐもった声で呻き、うずくまった。

礫《つぶて》が飛んできて、皿尾の利き腕を強《したた》かに打ったのだ。

お千と弥市が鬼のような形相で駆けつけて来た。

しかし礫を投げたのは二人ではなく、木陰に潜んだおりつであった。

そのおりつが血相変えてとび出して来て、

「うちの番頭に何する気なの。おまえさん方はあたしを騙してたのね。許せないわ」

突き進むおりつを五兵衛が慌てて押し止めて、

「お、お嬢様、近寄ってはいけません」

「でも五兵衛、こいつらは」

二人が揉み合いながらも退いた。

するとお千と弥市がずいっと前へ出て、

「何が金鶏会よ、この大騙りの一味が。手下の杉作が何もかも白状したわよ。奴はあたしたちがふん捕まえている。一蓮托生《いちれんたくしょう》でおまえさんたちも突き出してやるからね」

お千が決めつけた。

「ほざくな」

皿尾がお千に突進した。

お千はスッと身を引き、弥市が抜く手も見せずに抜刀し、刀の峰を返して皿尾の首根を強かに打った。

「うっ」

打撃された皿尾が刀を落とし、もんどり打って倒れ込んだ。突っ伏して痛みに呻き苦しんでいる。

「があっ」

気合を発し、鉄心が弥市に突っ込んだ。

応戦する弥市の横からお千が手を出し、鳶口《とびぐち》の柄《え》を鉄心の肩先に叩き込んだ。

打撃された鉄心がふらっとよろめき立っているところへ、さらに弥市が刀の峰で脳天を打った。

鉄心は声を発しないまま、どたりと倒れて転がった。脳天を割られて血が滴《したた》る。

悲鳴を上げて逃げて行くゆらをおりつが追って、後ろから帯をつかんで引き廻し、蹴りとばした。

ぐるぐる廻って、ゆらが倒れ伏す。

五兵衛が足早に進み出て、

「どなたか存じませんが有難うございます。危ないところでございました」

「おまえさんたちは」

お千が問うと、五兵衛が答えて、

「南本所元町の菱屋と申す蠟燭問屋でございます」

「金鶏会の餌食《えじき》にされたのね」

「は、はい、うちのお嬢様がまんまと騙されまして」

五兵衛がおりつにふり返って言った。

おりつは何も言わず、憮然《ぶぜん》とした表情だ。

「こんな場所柄ですんで、細かい話はあとにしましょう。お二人さんにお願いが」

「はい、なんなりと」

「近くの自身番《じしんばん》までひとっ走りしてくれませんか。あたしたちでこいつら見張ってますから」

「お安い御用です、ではすぐに」

五兵衛が身をひるがえし、おりつも慌てたようにその後を追った。

お千がのたうち廻っている三人を見廻し、

「これでひと安心ね、弥市っつぁん」

「ぶった斬ってやりたかったがな、おまえの許しが出んので峰打ちで我慢した」

「いいんですよ、ちゃんとお上が裁いてくれますから」

向柳原から少し明るい所へ出て、そのさらに向こうに自身番の灯が見えてきた。


先を行く五兵衛におりつが追いつき、前に廻り込んで、

「五兵衛、あたしが馬鹿だったわ」

頭を下げた。

五兵衛がやわらかな笑みになって、

「やっとお目が覚めたようでございますね、お嬢様。わたくしもホッとしておりますよ」

「おまえ、本当に菱屋のためを思ってやってくれたのね。なんとお礼を言ったらいいか」

「いいえ、お嬢様、菱屋のためばかりじゃございませんよ」

「えっ」

「お店も大事ですが、わたくしが一番気掛かりなのはお嬢様なんでございます」

「五兵衛……」

おりつが衝撃を受けた顔になった。

「来月からお嬢様のお手許金を少し増やしましょう。そうすれば金鶏会のような悪い連中の餌食にされることも」

「……」

「どうしました、お嬢様」

「ううん、もういいの。あたし、本当に目が覚めたのよ」

「はい？」

「あたしの一番身近にいて、おまえの有難味がわからなかったのね。真底身に沁《し》みたわ」

「お嬢様、何をおっしゃってるんですか」

「これからもうおまえに叱られないようにする。だから……」

「だから？」

「一緒にお店をやって行きましょう」

「それは今まで通りじゃございませんか。お嬢様は菱屋の主なんですから」

「違うわ、違うのよ。一緒にって意味はね、おまえと二人でってことなの」

五兵衛が動転し、うろたえて、

「お嬢様、よくお考え下さい。わたしにはこのように……」

指先で醜い火傷の痕を示した。

「元はといえばそれはあたしのせいなのよ、五兵衛」

「お嬢様」

「あたし、その償《つぐな》いをしたいの。今からでも遅くないでしょ」

「……」

「駄目？　五兵衛。こんな女、嫌い？」

「も、勿体《もったい》ないお言葉を」

「ゆっくり話し合いましょう、時をかけて」

「は、はい」

今度はおりつが先になり、考え込んで立ち止まっている五兵衛の所へ戻り、その手を取って、

「これからは二人一緒なのよ、五兵衛」

おりつに手を引かれ、五兵衛はその後にしたがった。

うなだれたその目にうっすら泪が滲《にじ》んでいる。

おりつが心を開いてくれたことが何より嬉しく、そして暗に夫婦になってと言われ、この夜の五兵衛にはそれに勝る僥倖《ぎょうこう》はなかったのである。

十四

孔雀《くじやく》長屋の家に籠もり、お千はリボルバーの手入れに余念がなかった。
銃の輪胴《りんどう》をくるくるっと廻転させ、弾倉《だんそう》に弾丸を詰める。
そして一方へ狙いをつけ、お千は活き活きとした目でひとりにっこり笑った。
これからも尚、世の悪事を壊滅させて行くつもりなのである。

女《おんな》ねずみ　みだれ桜《ざくら》

和久田《わくだ》　正明《まさあき》

学研M文庫

2012年4月24日　初版発行

●

発行人―――脇谷典利

発行所―――株式会社　学研パブリッシング

〒141-8412　東京都品川区西五反田2-11-8

発売元―――株式会社　学研マーケティング

〒141-8415　東京都品川区西五反田2-11-8

印刷・製本―中央精版印刷株式会社

わ -2-19